CLUEDO

Écrit par Bertrand Puard.
Conception graphique du roman : Audrey Thierry.

Hachette Livre, 58, rue Jean-Bleuzen, 92170 Vanves.

AVENTURES SUR MESURE

CLUEDO

ENQUÊTEURS

Cyberenquête au manoir

TU ES POLICIER INVESTIGATEUR EN CYBERCRIMINALITÉ

À TOI DE MENER L'ENQUÊTE !

hachette JEUNESSE

COMMENT LIRE CE LIVRE ?

colombages en bois de chêne foncé. La maison inspire le calme par sa solidité.

– Suivez-moi à l'intérieur du manoir... dit Mademoiselle Rose. Le Professeur Violet, le Docteur Orchidée et son époux le Révérend Olive sont déjà arrivés. Nous sommes au complet à présent ! J'ai hâte de vous faire visiter ce lieu fascinant...

Tu suis Mademoiselle Rose et tu passes donc l'immense porte principale à doubles battants.

Va en 2.

LES CHOIX

À chaque fin de chapitre,
ce visuel t'indique où continuer ta lecture.
S'il annonce « Va en 15 », tu devras chercher
le chapitre 15 pour continuer ton aventure.
Attention, parfois, plusieurs choix te sont proposés...
À toi de faire le bon !

1

La cour du manoir est en vue. Elle est recouverte de petits graviers. Tu hésites un instant et tu te décides : au lieu d'utiliser la pédale de frein, tu actionnes le frein à main. Ta voiture dérape sur plus de cinq mètres et fait un tour sur elle-même avant de s'arrêter.

Tu ouvres la porte et tu descends, sans pouvoir retenir un petit sourire. Ta manœuvre a soulevé des nuages de poussière autour de toi. Ordinairement, ton métier réclame de la discrétion. Mais là, tu es en service commandé.

Une femme élégante, vêtue d'une robe rouge scintillante, s'avance en s'éventant le visage avec sa main. Elle toussote avant de te tendre son autre main.

– Ah ! Mais vous devez être ce jeune journaliste du magazine *Joystick,* que le Docteur Lenoir a invité pour le week-end !

Tu acquiesces en lui serrant la main.

– Je suis Mademoiselle Rose, se présente-t-elle.

Tu lui réponds que tu l'as reconnue et ton interlocutrice ne peut réprimer un petit gloussement de satisfaction.

– C'est toujours agréable de savoir qu'on ne vous a pas oublié. L'émission de télé-réalité qui

LES CHAPITRES

Pour repérer les chapitres, cherche les numéros comme celui-ci.
Ils apparaissent en haut de page.

INVITATION

Cher inspecteur,

J'ai le plaisir de vous convier
dans mon manoir en Normandie
pour passer un week-end en compagnie
de mes plus proches amis.
Vous trouverez ci-joint
la liste des invités ainsi qu'une
présentation de chacun d'eux.
Je suis certain que vous en ferez
bon usage...
Au plaisir de vous revoir très bientôt,

Le Docteur Lenoir

L'ENQUÊTEUR, C'EST TOI !

Passionné par les écrans et les claviers, tu es un vrai petit génie de l'informatique. Aucune machine ne te résiste, et il te suffit souvent de quelques secondes pour mettre au jour les secrets d'un disque dur ou d'un serveur sécurisé. Hacker, coder, programmer, tel est ton métier !
Tu es un jeune policier spécialisé en cybercriminalité. Depuis quelque temps, tu es chargé d'enquêter sur les menaces de mort reçues par le Docteur Lenoir, le créateur du célèbre jeu vidéo OneUniverse. Tu t'es pris d'affection pour cet ancien scientifique devenu chef d'entreprise, et tu crois bien que c'est réciproque. Aussi acceptes-tu avec joie son invitation en Normandie. Mais surtout, n'oublie pas ton ordinateur portable !

À toi de jouer !

LES SUSPECTS

Colonel Moutarde

Cet ancien militaire partage la vie du Docteur Lenoir depuis plus de quarante ans. Les deux hommes se sont rencontrés à l'armée. Issu d'une très riche famille anglaise, le Colonel jouit d'une fortune qui n'a rien à envier à celle de son compagnon.

Mademoiselle Rose

Cette ancienne star de la télé-réalité est l'amie et la confidente du Docteur Lenoir. Elle habite le manoir à l'année et ne rêve que d'une chose : retrouver sa célébrité d'antan ! En attendant, elle peut compter sur le Docteur pour subvenir à tous ses besoins…

Professeur Violet

On pourrait croire que le cocréateur du jeu OneUniverse est un peu lunaire, derrière ses grosses lunettes carrées. Mais c'est un redoutable homme d'affaires, doublé d'un talentueux programmeur. Cependant, son amitié avec le Docteur Lenoir s'est un peu étiolée au fil du temps…

Orchidée est le docteur personnel de Lenoir. Ce dernier ne part jamais en week-end ou en voyage d'affaires sans elle. De ce fait, la jeune femme connaît ses secrets les plus intimes. Et elle ? Qu'a-t-elle à cacher ?

Docteur Orchidée

L'époux du Docteur Orchidée est un ancien homme d'Église reconverti en écrivain raté. Ses romans policiers ne rencontrent pas un franc succès. Pour autant, sa connaissance des poisons pourrait faire de lui le coupable idéal. Aurait-il pu confondre fiction et réalité ?

Révérend Olive

Madame Pervenche est une journaliste vedette sur une grande chaîne de télévision. Elle aime la célébrité autant que l'argent. Après moult invitations, le Docteur Lenoir a enfin accepté de lui accorder une interview devant les caméras, d'où sa présence au manoir.

Madame Pervenche

CUISINE
SALLE DE RÉCEPTION
SALLE À MANGER
SALON
SALLE DE BAINS

LES PIÈCES DU MANOIR

Le manoir du Docteur Lenoir est grandiose !
Cuisine, salon, bureau, chambre,
salle de billard... Pour explorer le moindre
recoin de cette immense maison,
une vie entière ne suffirait pas !

LES ARMES DU CRIME

La corde

Le pistolet

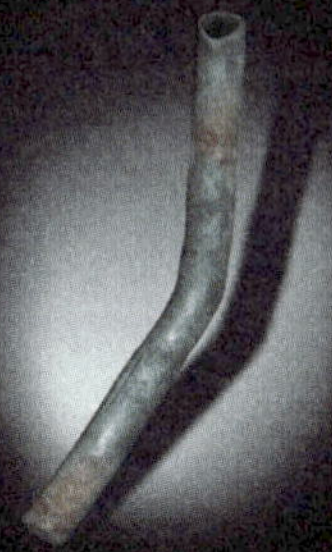
Le tuyau

La clef
à molette

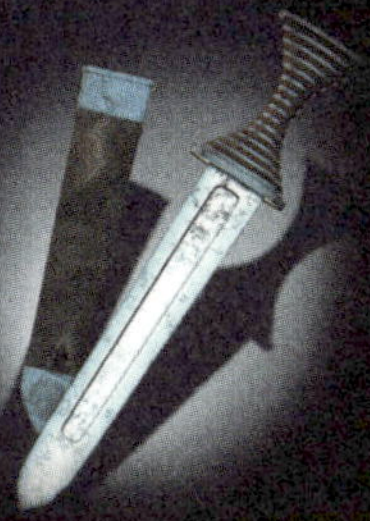
Le poignard

Le chandelier

Le poison

PROLOGUE

Tu es un jeune policier spécialisé en cybercriminalité. À l'âge de sept ans, tu désossais déjà les ordinateurs de ton père et tu as programmé ton premier jeu à dix ans. Il y a quelque temps, tu as travaillé dans la société de jeux vidéo du Docteur Lenoir. Tu t'occupais de traquer les comptes pirates qui ne payaient pas leurs accès au jeu en ligne. La police t'a remarqué car tu étais redoutable d'efficacité. Intelligent, tu es aussi très pugnace et n'abandonne jamais une affaire en cours.

Tu enquêtes en ce moment sur les menaces de mort reçues par le Docteur Lenoir sur sa messagerie électronique. Ce week-end en Normandie est l'occasion rêvée d'en apprendre plus sur son entourage. Mais tu n'as pas l'intention de révéler tout de suite ta véritable identité. Aux yeux des invités, tu seras journaliste. Ce sera ta couverture. Ainsi, tu pourras mener tes investigations en toute discrétion.

Durant ton enquête au manoir du Docteur Lenoir, tu vas devoir mélanger les genres :

mener des interrogatoires « à l'ancienne » et pénétrer l'intimité numérique des différents protagonistes en piratant leurs ordinateurs et leurs téléphones sans te faire pincer. Peu importe si le ou la coupable a effacé ses données, tu trouveras toujours une technique pour les retrouver. L'informatique n'a aucun secret pour toi, c'est ta passion depuis toujours, ta force, et c'est ce qui te fera triompher dans cette enquête très particulière.

En effet, ce n'est pas un livre classique car, ici, le détective, ce n'est pas un autre, c'est toi, et seulement toi. Tu vas devoir prendre les meilleures décisions, suivre les bonnes pistes... Tu auras parfois le choix entre accuser publiquement celui que tu suspectes ou le laisser libre pour le suivre afin qu'il te donne un indice supplémentaire... Mais attention à ce que le présumé coupable ne s'échappe pas !

Non, dans ce livre, tu ne vas pas vivre une aventure de tout repos.

Mais c'est ce que tu aimes, n'est-ce pas ? Un peu de danger ne nuit jamais.

Alors, rassemble bien tes petites cellules grises... et lance-toi dans l'aventure en 1 !

1

La cour du manoir est en vue. Elle est recouverte de petits graviers. Tu hésites un instant et tu te décides : au lieu d'utiliser la pédale de frein, tu actionnes le frein à main. Ta voiture dérape sur plus de cinq mètres et fait un tour sur elle-même avant de s'arrêter.

Tu ouvres la porte et tu descends, sans pouvoir retenir un petit sourire. Ta manœuvre a soulevé des nuages de poussière autour de toi. Ordinairement, ton métier réclame de la discrétion. Mais là, tu es en service commandé.

Une femme élégante, vêtue d'une robe rouge scintillante, s'avance en s'éventant le visage avec sa main. Elle toussote avant de te tendre son autre main.

– Ah ! Mais vous devez être ce jeune journaliste du magazine *Joystick,* que le Docteur Lenoir a invité pour le week-end !

Tu acquiesces en lui serrant la main.

– Je suis Mademoiselle Rose, se présente-t-elle.

Tu lui réponds que tu l'as reconnue et ton interlocutrice ne peut réprimer un petit gloussement de satisfaction.

– C'est toujours agréable de savoir qu'on ne vous a pas oublié. L'émission de télé-réalité qui m'a rendue célèbre date de quelques années mais je sais qu'elle a marqué les esprits.

Elle t'explique la raison de sa présence au manoir.

– J'habite le manoir à l'année en attendant de retrouver mon aura médiatique, mais je trouve l'endroit bien lugubre quand mon cher ami le Docteur Lenoir ne s'y trouve pas en villégiature… Et alors quand il a la bonne idée, comme ce week-end, de faire venir des invités, croyez-moi, je suis aux anges !

Tu lui assures que tu es également très heureux à l'idée de passer le week-end ici. Tu ouvres le coffre pour t'emparer de ton sac de voyage et, alors que tu cherches tes clefs de voiture dans la poche de ta veste, Mademoiselle Rose glousse à nouveau.

– Oh, nul besoin de fermer votre véhicule, dit-elle. Le parc et le manoir sont sécurisés. Et puis nous sommes entre gens de bonne compagnie ce week-end…

Une femme d'une trentaine d'années aux cheveux châtains s'avance vers vous. Tu la trouves très jolie, avec ses grands yeux verts. Rose fait les présentations.

– Vous n'êtes pas le seul journaliste. Madame Pervenche est arrivée à l'instant. Vous devez la connaître, elle n'a pas son pareil pour confesser les personnalités dans son émission de télé. Le Docteur Lenoir a mis du temps à accepter sa demande d'interview. Elle passera la soirée avec nous mais ses techniciens n'arriveront que demain pour l'enregistrement. Je les installerai dans la bibliothèque ou le jardin d'hiver, j'hésite encore entre ces deux pièces cosy…

Tu acquiesces. Que Mademoiselle Rose est bavarde !

– Ravie de faire votre connaissance, dit Pervenche en te serrant la main à son tour. Je suis ici pour recueillir les confidences du Docteur Lenoir sur sa vie personnelle, en dehors de sa société et de sa passion pour les jeux vidéo. Nous nous compléterons donc, je n'ai pas l'intention de marcher sur vos plates-bandes. Vous n'avez pas à vous inquiéter.

En quittant le parking en direction du manoir, tu lui réponds que tu ne t'inquiétais pas le moins du monde. Tu n'as jamais vu de gentilhommière normande aussi splendide. La bâtisse propose près de huit cents mètres carrés répartis sur un rez-de-chaussée et deux étages. Son magnifique toit de chaume est soutenu par de hauts murs en torchis blanc et des colombages en bois de chêne foncé. La maison inspire le calme par sa solidité.

– Suivez-moi à l'intérieur du manoir… dit Mademoiselle Rose. Le Professeur Violet, le Docteur Orchidée et son époux le Révérend Olive sont déjà arrivés. Nous sommes au complet à présent ! J'ai hâte de vous faire visiter ce lieu fascinant…

Tu suis Mademoiselle Rose et tu passes donc l'immense porte principale à doubles battants.

Va en 2.

2

– Il existe une légende selon laquelle le manoir aurait autrefois appartenu à Maurice Leblanc, le créateur d'Arsène Lupin, le gentleman cambrioleur…

Mademoiselle Rose se montre réellement intarissable à propos du lieu qu'elle occupe à l'année.

– C'est pour cette raison qu'il flotte quelque chose de mystérieux dans l'atmosphère de ce manoir, vous ne trouvez pas ?

Tu ne peux qu'acquiescer. L'intérieur est luxueusement meublé. Tu n'as vu que le hall et le salon pour le moment, mais les murs sont recouverts de tentures rouges. Il y a de précieux tapis sur les parquets et des tapisseries anciennes accrochées çà et là. Des dorures ornent les portes et chaque pièce est éclairée par un lustre en cristal, petit ou grand selon la taille de l'ensemble. Mais il y a aussi comme un parfum de mystère entre ces murs, des coins d'ombre, des senteurs mélangées d'encens et d'encaustique qui évoquent une atmosphère de romans à énigmes, ceux d'Agatha Christie ou de Conan Doyle, que tu dévorais, enfant, avant de devenir toi-même détective.

– Le Docteur Lenoir m'a donné carte blanche pour la décoration, s'enthousiasme Mademoiselle Rose. Les nombreux domestiques me déchargent des tâches quotidiennes et m'aident à rendre ce lieu plus magique encore, jour après jour !

Un couple entre alors dans le salon tandis que tu te débarrasses de ton sac.

– Laissez, laissez… dit Rose. Firmin se chargera de le monter dans votre chambre à l'étage. Voici le Docteur Orchidée et son époux le Révérend Olive.

Vous vous serrez la main et échangez de brèves formules de politesse.

Le Docteur Orchidée, une femme aux traits asiatiques, se présente comme le médecin personnel de votre hôte. Son mari semble plus jeune qu'elle et tu lui trouves une tête de séducteur, plus que d'homme d'Église.

– Prêts pour un petit tour du propriétaire… avec la locataire ? glousse Mademoiselle Rose.

Elle vous fait visiter chaque pièce : la salle à manger, la bibliothèque, le bureau, la cuisine. À chaque fois qu'il entre dans une pièce, le Révérend Olive lâche un petit sifflement qui commence à t'énerver. Son épouse, le Docteur Orchidée, semble blasée. Le médecin personnel du Docteur Lenoir connaît déjà l'endroit. C'est d'ailleurs ce qu'elle rappelle à votre guide avant de se retirer. La journaliste, Madame Pervenche, observe les lieux sans rien laisser paraître.

– Et voici le clou du spectacle ! s'extasie Rose. La nouvelle salle de bains ! Je me suis chargée moi-même de sa conception.

Là, tu ne caches pas ton étonnement. La pièce est vaste, son aménagement magnifique. Le sol est recouvert d'un luxueux parquet en chêne, les robinets sont en or massif. Il y a, dans un coin, une large baignoire à remous qui a presque la taille d'une piscine et, dans un autre coin, une douche à l'italienne au sol en marbre. Tout y est !

Vous retournez dans le salon et tu félicites Mademoiselle Rose pour son travail.

– Oui ! dit une petite voix de flûte. On rêverait de s'y baigner !

Tu te retournes pour découvrir le Professeur Violet, dont les yeux noirs et les gros sourcils sont dissimulés derrière l'épaisse monture de ses lunettes. C'est un des plus proches collaborateurs du Docteur Lenoir dans son entreprise.

Voilà. Tu as rencontré tout le monde, sauf ton hôte, le Docteur Lenoir, et son compagnon, le

Colonel Moutarde. Et cela ne tarde pas. Tu n'as pas même le temps de monter dans ta chambre pour te relaxer un peu. Les propriétaires descendent le grand escalier et le Docteur Lenoir vient te saluer en premier.

– Je suis ravi de vous accueillir, dit-il avec joie.

Le Colonel Moutarde te serre chaleureusement la main, lui aussi. Puis le Docteur Lenoir te prend le bras pour te guider en direction de la salle de billard. Une fois dans la pièce, il referme soigneusement la porte. Il veut s'entretenir avec toi en privé.

– Ravi de votre présence dans mon manoir ce week-end, inspecteur, dit-il. J'espère que ce séjour vous permettra de trouver celui ou celle parmi mes proches qui m'adresse ces menaces de mort par e-mail depuis tout ce temps…

Le Docteur Lenoir est le seul à savoir que tu n'es pas journaliste mais policier. Même son compagnon Moutarde l'ignore. Il est aussi le seul à savoir que tu connais déjà tout le monde ici, même si tu les rencontres pour la première fois. Le Docteur Lenoir a joint à ton invitation une liste des invités présents. Mais, bien évidemment, tu dois jouer ton rôle de béotien… ou plutôt de journaliste. PERSONNE ne doit savoir que tu es policier.

– Je peux compter sur vous, n'est-ce pas ?

Tu le rassures. Oui, tu as bien l'intention de partir du manoir en ayant débusqué le coupable. Ton hôte te remercie par avance et t'indique que l'apéritif sera servi dans le salon à 19 heures précises.

Va te relaxer quelques instants en 3 avant de commencer ton enquête.

3

L'apéritif se passe bien. Tu te contentes d'un jus de pomme local pour garder toute ta conscience et tu écoutes les conversations qui vont bon train entre les convives. Tout le monde a l'air de bien s'entendre et Madame Pervenche, la journaliste, passe beaucoup de temps avec le Docteur Lenoir pour préparer l'entretien de demain. Tu la vois ensuite en grande conversation avec le Colonel Moutarde ; ils rient beaucoup.

Et puis vient l'heure du dîner. Le menu, élaboré par l'indispensable Mademoiselle Rose à base de produits locaux bio, est délicieux : feuilleté d'andouille au Calvados en entrée, moules à la crème, escalope à la normande, pont-l'évêque à point puis tarte aux pommes. Ce moment convivial permet à chacun de se présenter aux autres. Le Docteur Lenoir est heureux de vous avoir auprès de lui ce soir. Juste avant le dessert, il lève son verre.

– Merci à vous tous ! déclare-t-il. Le mois prochain, nous fêterons le vingt millionième joueur de OneUniverse, mon jeu en ligne, qui m'a aussi fait gagner des millions… d'euros ! C'est un bel achèvement pour moi et pas un jour ne passe sans que je me félicite d'avoir abandonné la médecine pour me lancer dans l'informatique, mon autre passion… Docteur Orchidée, vous êtes là pour veiller sur ma santé à présent, et vous le ferez mieux que moi-même !

L'invitée se lève et exécute une petite courbette.

– Je tiens aussi à remercier le Professeur Violet, le cocréateur de OneUniverse, mon ami de trente ans, et, bien entendu, le Colonel Moutarde, qui partage quotidiennement mes joies et mes peines…

Tout le monde s'est levé à présent et tu suis le mouvement. Vous portez un toast à Lenoir avant que le repas ne reprenne. Madame Pervenche est en grande discussion avec le Révérend Olive, couvé des yeux par son épouse.

– Ainsi, vous êtes romancier ? demande la journaliste.

– Oui, s'excuse presque l'homme d'Église. Voilà longtemps que j'ai abandonné ma paroisse pour me consacrer à l'écriture de romans…

Tu lui demandes quel genre de romans, même si tu le sais très bien.

– Des policiers, des romans à énigmes… Vous savez, il y a un meurtre dans les premières pages et le détective – en même temps que le lecteur – enquête pour désigner le coupable à la fin…

– C'est formidable ! applaudit Madame Pervenche, qui boit ses paroles. J'en raffole ! Je crois pourtant que je ne vous ai jamais lu… Je commanderai ce soir un de vos romans sur Internet. Lequel me conseillez-vous ?

Olive s'apprête à répondre quand le Docteur Orchidée le fait à sa place.

– Les livres de mon mari ne sont disponibles que dans la librairie qui se trouve à côté de notre domicile. Mais nous pouvons vous en faire parvenir un si vous le souhaitez…

À cet instant, tu vois le Docteur Lenoir se lever de table et se tamponner la bouche avec sa serviette blanche.

– Pardonnez-moi mais je vais me retirer, déclare-t-il. Un mal de tête lancinant depuis le début de la journée… Je dois être en forme demain pour l'entretien télévisé, vous le comprendrez bien. Firmin servira les digestifs dans la bibliothèque. Rose, vous veillerez à ce que tout se passe au mieux pour nos invités… Bonne nuit à tous !

Votre hôte quitte alors la salle à manger pour regagner sa chambre.

Après son départ, dans la bibliothèque, les conversations se tarissent un peu. Le Colonel Moutarde est le second à partir. Il va se coucher à son tour.

Tu es en train de parler jeux vidéo avec le Professeur Violet – un spécialiste lui aussi, évidemment – lorsque tu entends des cris et des coups en provenance du couloir.

– C'est le Colonel ! hurle Rose.

Tout le monde reste pétrifié mais toi, par réflexe, tu bondis sur tes pieds !

Cours en 4 pour découvrir ce qui a motivé ce cri !

4

Ton instinct de policier te permet de trouver rapidement la pièce d'où provient le cri du Colonel Moutarde. La salle de bains ! Dix secondes plus tard, tu es le premier à te trouver sur les lieux.

Le Colonel Moutarde appelle son compagnon.

– Il est dans la salle de bains depuis quinze minutes et ne me répond pas, hoquète l'ancien militaire.

La porte est verrouillée de l'intérieur. Il vous faut la forcer. Moutarde et toi prenez du recul et enfoncez la porte avec vos épaules.

Elle cède !

Et tu découvres dans la salle de bains une scène qui te glace le sang.

Le Docteur Lenoir est étendu sur le plancher, vêtu d'un pyjama aux motifs écossais. Il se trouve sur le dos et son visage est tourné en direction de la porte. Il grimace, ses yeux sont exorbités, ses lèvres ne sont plus roses mais bleues. Tu n'as pas même besoin de lui prendre le pouls pour savoir que ton hôte est passé de vie à trépas.

Le Docteur Lenoir est mort.

– Il… est… ?

Le Colonel Moutarde est prostré contre le chauffe-serviettes, à moins d'un mètre du cadavre de son compagnon. Il lit la réponse à sa question sur ton visage.

– Oh, mon Dieu !

Il se met à pleurer en silence. Mais tu entends des cris et des sanglots dans ton dos, car tous les invités y sont réunis à présent. Mademoiselle Rose s'évanouit même devant la scène et le Docteur Orchidée hésite entre secourir Rose ou bien constater à son tour la mort apparente de Lenoir.

– Ce n'est pas vrai, je dois rêver ! sanglote le Professeur Violet qui vient trouver refuge auprès de Madame Pervenche, elle aussi très émue.

Le visage défait, le Révérend Olive murmure à l'attention de sa femme :

– J'ai tout de suite su, en entrant dans ce manoir à l'atmosphère si particulière, qu'un drame allait avoir lieu.

Mais, toi, tu sais surtout que des menaces de mort ont été adressées à votre hôte. C'est d'ailleurs la raison de ta venue ici. Hélas, l'auteur de ces menaces s'est transformé en assassin avant que tu aies pu l'arrêter. La mort du Docteur Lenoir, que tu appréciais beaucoup, t'attriste énormément. Mais tu ne dois pas baisser les bras, surtout pas ! Tu dois transformer ta peine et ton chagrin en énergie et en force pour démasquer l'assassin. Tu dois profiter de la nuit pour mener l'enquête.

– Mais comment… ? psalmodie le Colonel Moutarde. Comment l'assassin a-t-il pu entrer dans la salle de bains fermée de l'intérieur ?

Tu t'agenouilles auprès de l'ancien militaire et tu lui apprends ta véritable identité, ainsi que les raisons de ta venue au manoir. Cela fait cesser ses pleurs. Tu lui demandes de ne pas prévenir la police locale avant que le jour se lève car tu mets un point d'honneur à élucider ce meurtre par toi-même.

– C'est d'accord, balbutie le compagnon du défunt. Je vais donner des consignes en ce sens. Et je ne dirai rien aux invités.

Tu préfères ne rien dévoiler encore de ton identité aux autres pour pouvoir garder les coudées franches et n'effrayer personne.

C'est l'heure pour toi d'effectuer ton premier choix dans cette enquête. Ton premier, et certainement pas le dernier.

Si tu souhaites enquêter sur l'arme du crime et découvrir comment le meurtre a pu avoir lieu dans cette salle de bains close, va en 16.

Si tu souhaites chercher en premier lieu le coupable afin qu'il avoue la manière dont il a commis le meurtre, va en 17.

Si tu souhaites reprendre ton enquête sur les menaces de mort, car tu supposes que le meurtre est lié à cela, va en 38.

5

En premier lieu, avec l'aide du Colonel Moutarde, tu demandes aux invités de s'éloigner de la salle de bains. Ils ne doivent surtout pas y entrer pour ne pas compromettre la recherche d'indices ni souiller la scène du crime.

En toute logique, tu commences par étudier le cadavre du Docteur Lenoir au pied des luxueux lavabos. Cela te remue de voir le Docteur Lenoir immobile, alors que la vie l'a quitté, sans espoir de retour. Depuis votre première collaboration au sein de OneUniverse, tu as eu le temps de t'attacher à l'homme. Mais tu es policier avant tout et tu dois mettre de côté ton affect pour mener l'enquête au mieux. Tu notes tout d'abord la présence de gouttes de sang à droite de la tête de Lenoir. Mais elles sont peu nombreuses et émanent d'une petite coupure sur le front. La victime a dû se blesser en tombant et en heurtant une des vasques des lavabos.

Aucune ecchymose visible au cou, donc pas d'étranglement. Aucune blessure apparente sur le corps. Tu peux éliminer l'assassinat par arme à feu. D'ailleurs, vous auriez probablement entendu la détonation.

Mais ce sont les lèvres du cadavre qui retiennent ton attention. Elles sont bleues, on dit aussi « cyanosées » dans votre jargon, ce qui signifie que le Docteur Lenoir a très probablement été empoisonné. C'est plausible dans une pièce close. Il aurait ingurgité un poison contenu dans un médicament ou bien une boisson qu'il prenait chaque soir avant de se coucher.

Tu te lèves et tu examines avec attention les deux vasques surmontées de grands miroirs. Tu y vois ton reflet et tu es ravi de contempler ton air déterminé à faire toute la lumière sur ce crime. Lenoir utilisait la vasque de droite – ses lunettes sont posées tout près –, et Moutarde celle de gauche. Il y a là leurs trousses de toilettes respectives, leurs brosses à dent, un peigne et plusieurs tubes de produits cosmétiques. Mais ton regard est irrémédiablement attiré par deux flacons contenant des substances liquides épaisses. Des sirops ? L'un contient un liquide rouge. L'autre un liquide vert. Ils sont tous les deux posés entre les deux vasques.

– Vous avez trouvé quelque chose de probant ? demande le Colonel Moutarde, qui éponge ses yeux rougis par la peine.

Vous êtes seuls. Les invités sont redescendus. Tu lui demandes alors si les deux flacons contiennent un traitement pour le Docteur Lenoir. Moutarde secoue la tête.

– Non, il prenait le sirop rouge pour ses insomnies. Un simple traitement homéopathique qui l'aidait à dormir. Le vert, c'est le mien. Une potion à base d'argile pour soigner mes maux d'estomac. C'est notre pharmacien de la rue Lauriston, à Paris, qui les prépare spécialement pour nous selon des formules édictées par un homéopathe de Genève, en Suisse. Ce sont de nouvelles formules. Elles nous ont été prescrites il y a à peine une semaine.

Tu notes ces informations dans ton esprit. Que vas-tu faire à présent ?

Si tu décides d'emporter les deux flacons avec toi pour analyse, va en 13.

Si tu préfères effectuer un prélèvement discret et laisser les sirops dans la salle de bains, va en 19.

6

Inutile de perdre la moindre seconde dans cette enquête. Les images ont parlé et le Professeur Violet doit, dès lors, s'expliquer. Pourquoi se trouvait-il dans les cybercafés d'où les menaces ont été envoyées ? Et pourquoi cherchait-il à chaque fois à se dissimuler sous un chapeau et derrière un imperméable ?

Ce sont les deux questions que tu lui poses, à haute voix, dès ton retour dans la bibliothèque, où tous les invités sont encore réunis autour de plusieurs bouteilles de digestifs.

Ton intrusion sidère tout le monde, à commencer par Violet, le principal intéressé. Furieux, il dodeline tellement de la tête qu'il en perd presque ses lunettes !

– Vous m'insultez, jeune homme ! éructe-t-il en s'approchant de toi et en brandissant ses poings sous ton nez.

Par précaution, tu recules. Tu sais te battre mais, là, cela ne rimerait à rien. L'associé du Docteur Lenoir ne décolère pas.

– Et vous allez bientôt m'accuser d'avoir tué mon plus précieux camarade ? tonne-t-il.

À cette évocation, Mademoiselle Rose pousse un cri et replonge dans l'inconscience.

– Voyons, tempère le Colonel Moutarde, c'est ridicule, Professeur… Personne ne vous accuse de quoi que ce soit…

– Je ne répondrai pas à vos questions ! hurle Violet. Ou alors il va falloir me passer les menottes et m'arrêter ! Me mettre en garde à vue ! Ah, ah ! Je vois déjà les titres des journaux : « Grave erreur de la police : un innocent en prison, le coupable court toujours. »

Tu recules encore. Tu te sens mal, à vrai dire. Et tous les invités te regardent maintenant avec un mélange de réprobation et de pitié.

Tu y es allé un peu fort en débarquant ainsi, sans véritable preuve. À présent, tu as bien peur que personne ne te parle plus et que ton enquête se trouve sérieusement compromise. D'ailleurs, Moutarde le confirme quelques secondes plus tard :

– Mieux vaut appeler la gendarmerie de Deauville, dit-il. Le lieutenant-colonel Rocourt sera plus à même de mener l'enquête que ce jeune inspecteur de pacotille…

Perdu !

Il semblerait que tu aies confondu vitesse et précipitation ! Heureusement, il te reste toujours la possibilité de repartir en 1 pour choisir une autre piste, et, cette fois, parvenir à établir la vérité sur l'assassinat du Docteur Lenoir.

7

Voilà, c'est l'heure de la grande confrontation finale, le moment que tu attends depuis le début de ton enquête au manoir. Et aussi celui que tu redoutes le plus. Tu demandes au Colonel Moutarde et à Mademoiselle Rose, qui a retrouvé de l'allant, de rassembler tout le monde dans le salon.

– Vous avez déjà trouvé l'assassin ? demande Moutarde, sous le choc.

Disons que tu vas porter une accusation contre un des invités, ce qui va certainement bouleverser un peu plus l'ancien militaire, et que tu attendras des aveux de la part du présumé coupable avant de lui passer les menottes. Dans la grande tradition des enquêtes policières classiques.

Dans l'entrée du manoir, tu attends patiemment que tout ce beau monde s'installe confortablement dans les fauteuils et canapés du salon, avant de faire ton apparition. C'est le moment que tu choisis pour faire tomber ton masque. Tu leur déclines ta qualité d'inspecteur de police et tu déclares être là sur ordre de feu le Docteur Lenoir. Tu as été désigné pour enquêter sur les menaces de mort qu'il recevait quotidiennement par e-mail.

Des « oh ! » et des « ah ! » fusent en tous sens. Orchidée, Rose, Olive, Violet, Moutarde et Pervenche sont sonnés.

Cependant, tu leur annonces sans préambule que les menaces de mort reçues par le Docteur Lenoir, qui ont pu émaner de chacun des occupants de cette pièce à tour de rôle, n'ont rien à voir avec ce meurtre. En effet, chaque invité s'est trouvé en froid avec la victime, pour une raison ou pour une autre. Chacun, y compris Moutarde, qui se fâchait souvent avec son compagnon, aurait eu une raison de commettre ce crime. Sauf toi, évidemment. Et Madame Pervenche.

La journaliste se rejette dans son fauteuil, comme soulagée d'un poids. Elle te sourit. Alors tu passes aussitôt à l'attaque :

– J'accuse néanmoins Madame Pervenche d'avoir tué le Docteur Lenoir dans la salle de bains avec le poison.

Mademoiselle Rose crie, le Colonel Moutarde tonne. Violet enlève ses lunettes et se frotte les yeux. Orchidée se prend la tête à deux mains tandis que son époux, le Révérend Olive, bondit près de la journaliste en l'agonisant d'injures.

Mais Pervenche reste de marbre. Du même marbre que dans cette salle de bains où repose le cadavre de celui que tu l'accuses d'avoir tué.

Va-t-elle avouer le crime ?

C'est comme si ton cœur s'était arrêté de battre.

Va en 50 pour entendre la réponse de Pervenche.

8

Olive se trouve dans la cuisine déserte. Il a ouvert le large frigo et grignote un reste de fromage, avec un grand verre de vin. Au moins, les événements tragiques n'ont pas l'air de lui avoir coupé l'appétit, c'est le moins que l'on puisse écrire.

Il s'arrête aussitôt et tente maladroitement de cacher ses vivres lorsqu'il te voit débarquer entre son épouse Orchidée, folle de rage, et le Colonel Moutarde. Tu le mets devant le fait accompli et lui parles de son roman. Il est bouleversé à l'idée d'avoir devancé la réalité et déclare ne rien savoir de l'intérêt que Pervenche portait à ce roman.

– C'est même curieux, dit-il, pour ne pas dire suspect… Nous avons parlé de mon œuvre durant le dîner et elle m'a dit qu'elle n'avait lu aucun de mes romans.

– Elle n'est pas la seule, crache Orchidée.

Tu demandes à Olive de te parler des poisons et de la possibilité d'inclure du cyanure dans une bouteille de sirop. Vous prenez place sur des tabourets de bar autour d'un plan de travail et le Révérend commence un long exposé.

Moutarde s'endort presque.

Le récit d'Olive, tout en circonvolutions, n'en finit pas. Rien n'émerge de réellement intéressant. Il s'écoute parler et les minutes passent… Cela fait bientôt une heure que tu es dans la cuisine lorsque tu vois des lueurs rouges et bleues éclairer les carreaux de faïence autour de toi, accompagnées d'un bruit de sirène que tu connais bien.

Tu te lèves et tu découvres, avec peine, qu'une voiture de la gendarmerie vient de se garer dans la cour du manoir.

Quelqu'un a dû finir par appeler les forces de l'ordre… Quelle guigne ! Tu ne vas pas être en mesure de continuer ton enquête en solo.

La prochaine fois, il faut que tu avances plus vite dans ton enquête.
Retourne en 1 pour retenter ta chance.

9

Voyons… Il n'y a pas que le Professeur Violet dans la vie. Et tu te doutes qu'en cherchant bien, tu pourrais trouver des faits embarrassants sur tous les protagonistes du drame.

Tiens, par exemple, Madame Pervenche… C'est celle que tu connais le moins, puisque Lenoir ne l'incluait pas dans la liste des suspects potentiels. Toi non plus, d'ailleurs. Mais tu lances tout de même une inspection très fine de ses dernières recherches Internet, effectuées depuis son ordinateur personnel ou depuis son bureau, à la chaîne de télévision. Pour aller plus vite, tu croises les deux, c'est-à-dire que tu souhaites obtenir les recherches menées par Pervenche à la fois chez elle et au bureau : ses obsessions du moment, quoi.

Tu es un peu déçu car, dans un premier temps, tu ne trouves rien de véritablement lié au Docteur Lenoir. Mais un élément titille finalement ton instinct d'inspecteur de police. Tiens, tiens… Il semblerait que Madame Pervenche, il y a deux semaines, se soit intéressée de près à un roman policier intitulé *Les Fantômes de Berrymoor*, dont l'auteur est un certain… Révérend H.P. Olive. Cela ne s'invente pas !

Était-ce par pure conscience professionnelle, afin de pouvoir soutenir une conversation avec l'écrivain qu'elle allait rencontrer au manoir ? Ou bien cette lecture figurait-elle parmi les préférées de Lenoir ? Tu ne le crois pas, tu as appris que le chef d'entreprise ne lisait que de la science-fiction.

Alors ? De toute façon, ce n'est certainement pas une coïncidence. D'autant qu'en lisant un petit résumé du roman, tu t'aperçois qu'il raconte l'histoire d'une série d'empoisonnements dans un petit village anglais ! D'empoisonnements… au cyanure !

Avant de ruer dans les brancards et d'aller voir Madame Pervenche ou le Révérend Olive pour demander des explications, cela vaudrait peut-être le coup de te procurer l'ouvrage en ligne, au format numérique, et de le lire, même en diagonale, non ?

Va bouquiner en 11.

10

Tu ne veux pas risquer de casser les flacons en les manipulant, et encore moins d'y apposer tes empreintes digitales, ce qui pourrait fausser ton enquête.

Tu préfères donc mener tes recherches directement dans la salle de bains. Aussi demandes-tu au Colonel Moutarde de te laisser quelques instants.

– Oui, oui, bafouille-t-il, je vais retourner auprès de nos invités, dans la bibliothèque, afin de partager leurs peines…

Tu acquiesces et tu promets de revenir bien vite avec du nouveau sur l'enquête, au moins le *modus operandi* et peut-être même le nom du coupable.

Tu entends la porte se refermer derrière toi. Tu peux commencer tes recherches.

Mais elles ne dureront pas longtemps. Tandis que tu inspectes les médicaments de Lenoir, la porte s'ouvre à la volée et un courant d'air te fait frissonner. Tu vois dans le grand miroir une personne masquée qui fonce sur toi avec un tuyau en cuivre à la main.

Tu n'as pas même le temps de te retourner. Tu reçois un coup puissant sur l'arrière du crâne qui te plonge immédiatement dans l'inconscience. Tu finis ton enquête sur le plancher de la salle de bains, tes yeux vides plongés dans ceux, morts, du Docteur Lenoir.

Tâche de te montrer plus prudent lors
de ta prochaine tentative.
Retourne en 1 pour reprendre ton enquête
depuis le début.

11

Tu n'as aucun mal à te procurer une copie numérique contre la modique somme d'un euro sur une plateforme de téléchargement légal. Et, pour tout avouer, après avoir lu le prologue, tu te dis qu'un euro pour ça, c'est cher payé ! Le Révérend Olive n'a pas le moindre talent de romancier : c'est mal écrit, rempli d'expressions toutes faites, et l'homme d'Église n'arrive même pas à manier le suspense, tous ses effets tombent à plat. Tu comprends pourquoi le livre n'est disponible que dans sa librairie de quartier… Aucun éditeur sérieux ne pourrait publier une telle purge !

Cela étant, l'intrigue a de quoi faire s'emballer ton rythme cardiaque. Le pitch : plusieurs meurtres sont commis dans le petit village anglais de Berrymoor, dans le Kent. Selon l'inspecteur de police, un fieffé imbécile, toutes les victimes sont liées les unes aux autres. Sur chaque scène de crime, on retrouve près du cadavre une clef USB contenant des parties d'un programme qu'il est possible d'assembler. C'est un pasteur, en vacances dans le coin, qui va se lancer dans la résolution de l'énigme.

Bon, toi, tu n'as pas le temps de le lire jusqu'au bout (ni la patience, ni l'envie). Mais, quand tu arrives – péniblement – au chapitre cinq, tu découvres avec effarement que l'un des personnages est retrouvé assassiné dans sa salle de bains. Une jolie rasade de cyanure a été versée dans son sirop contre la toux.

Intéressant, non, quand la fiction rencontre – ou même devance – la réalité ? Pourrais-tu trouver dans le roman le scénario du crime ?

Il est encore trop tôt pour aller trouver Olive et te confronter à lui. Mais si tu veux t'entretenir avec le Docteur Orchidée au sujet du livre de son époux et de cette histoire prémonitoire de poison, va en 48.

Si tu préfères prendre la direction de la salle de bains pour voir si le Docteur Lenoir ne prenait pas, par hasard, un sirop contre la toux, va en 18.

12

Tu souhaites t'entretenir avec le Révérend Olive mais il ne se trouve plus dans la bibliothèque. Madame Pervenche t'informe qu'il a regagné sa chambre dans le but d'aller chercher un de ses romans pour le lui montrer. C'est une excellente nouvelle pour toi : dans l'intimité de sa chambre, à l'étage, tu pourras t'entretenir en toute quiétude et en toute discrétion avec lui.

Tu montes alors et tu frappes à sa porte. Mais personne ne répond. Bizarre, non ? Tu décides d'y entrer. Aucune présence. Aucune trace du romancier. Bon, n'est-ce pas l'occasion d'en profiter pour farfouiller un peu dans les affaires du Révérend et de son épouse, le Docteur Orchidée ?

Au fond de la valise de l'homme d'Église, tu trouves quelques romans signés de son nom, ainsi qu'un livre de moyen format à la couverture cartonnée, sobrement intitulé *Traité sur les poisons violents.* Il est aussi signé par le Révérend. Serait-il un spécialiste du cyanure, ce poison qui a, selon tes premières constatations, ôté la vie au Docteur Lenoir ?

Tu pourras toujours te poser cette question… mais dans l'au-delà.

Car alors que tu feuillettes les premières pages du traité, quelqu'un s'approche à pas de loup et glisse une corde autour de ton cou. Il serre et serre si fort que tu es privé d'oxygène au bout de trente secondes à peine. Te débattre ne sert à rien. Tu as probablement affaire à un – ou une – professionnel.

Ton enquête au manoir se déroule en territoire hostile. Tu dois absolument garder en tête que le danger est partout, et rester prudent jusqu'à la désignation du coupable, jusqu'à ta pleine et entière réussite.
Retourne en 1 pour retenter ta chance !

13

Tu estimes qu'il est bien plus prudent d'emmener avec toi les deux flacons et de ne pas les manipuler dans cette salle de bains, aux yeux du Colonel Moutarde et peut-être d'autres regards indiscrets. Aussi, tu demandes à l'ancien militaire de surveiller la pièce le temps pour toi d'aller chercher des gants en latex dans ta chambre : tu ne souhaites pas apposer sur les flacons tes propres empreintes digitales. Le compagnon de Lenoir te dit qu'il tiendra sans peine son rôle de gardien. Alors tu fonces à l'étage et tu trouves sans mal tes gants dans ton sac de voyage.

Le hic, c'est que, quand tu entres à nouveau dans la salle de bains, le Colonel Moutarde ne s'y trouve plus. Et les flacons de sirop sont vides ! On les a vidés dans les vasques ! Tu distingues encore des traces vertes et rouges sur le marbre… Mais qui a pu faire ça ? Le coupable, probablement… Et où est Moutarde ?

Tu t'apprêtes à sortir de la salle de bains pour demander des explications lorsque tu reçois un violent coup à l'arrière du crâne. La douleur est telle que tu t'évanouis.

Perdu !

Ton enquête a bien mal commencé.
Et, pour ainsi dire, elle se termine même.
Mais tu peux retourner en 1 en essayant
d'enquêter avec plus de rigueur.

14

Tu cherches Madame Pervenche pour t'entretenir avec elle, mais elle ne se trouve plus dans la bibliothèque.

– Elle a dû regagner sa chambre, t'informe le Révérend Olive. Je crois qu'elle souhaitait rédiger une nécrologie pour son blog.

Tu n'en demandes pas plus et tu montes l'escalier à pas de géant. Il ne faudrait pas que la journaliste annonce le décès du chef d'entreprise avant la fin de ton enquête, car les gendarmes débarqueraient aussi sec au manoir.

Tu frappes à la porte et la jeune femme te dit d'entrer. Elle est sagement allongée sur son lit, à plat ventre, devant son ordinateur portable calé sur un coussin. Elle tape à toute vitesse sur le clavier.

– Que me voulez-vous ? demande-t-elle.

Tu lui dis que tu désires lui poser quelques questions à propos de sa venue au manoir.

Aussitôt, tu la vois changer de physionomie. Elle se met à grimacer et soudain tu l'imagines parfaitement sur un vieux tableau dans un manoir hanté.

Elle ricane et sort un revolver muni d'un silencieux de sous le coussin qui soutient son ordinateur.

– J'ai toujours su que tu n'étais pas un vrai journaliste, crache-t-elle en te tutoyant. Mais un vrai flic. *Ciao !*

Tu n'as pas le temps de réagir. Son tir fait mouche et la balle t'atteint en plein milieu du front. Le coup est mortel. C'en est fini de ton enquête. Et même de ton existence.

Madame Pervenche doit avoir quelque chose à se reprocher, pour agir ainsi, tu ne crois pas ?

Il faudra te montrer plus prudent,
la prochaine fois, pour ne pas finir assassiné
comme le bon Docteur Lenoir.
Retourne en 1 pour retenter ta chance.

15

C'est bien beau d'aller demander des explications aux uns et aux autres, de porter des accusations dans tous les sens, mais tu sais bien que si tu veux pousser le coupable aux aveux, tu vas avoir besoin de ce que vous appelez dans votre jargon de policier des « biscuits », c'est-à-dire des preuves concrètes auxquelles tu peux confronter les suspects. Pour le moment, tu n'as pas encore pris le temps d'ouvrir ton ordinateur portable et c'est un tort : tu es un as de la cybersurveillance, un ancien hacker. Tu dois aussi te servir de tes talents en informatique pour aboutir à la solution.

Tu regagnes donc ta chambre et tu verrouilles la porte à double tour. Là, dans le silence de la pièce, tu t'assois sur le lit, cales des coussins dans ton dos, et lances enfin le système d'exploitation de ton ordinateur. En cinq minutes à peine, tu parviens à pénétrer le serveur informatique de la clinique privée où exerce le médecin homéopathique de Genève : l'institut Beauséjour. Tu farfouilles avec adresse dans les différents dossiers médicaux et tu ne tardes pas à trouver ceux du Docteur Lenoir et du Colonel Moutarde. Tu te concentres sur celui de la victime. Il est constitué de diverses ordonnances comprenant la composition du sirop. La dernière ordonnance, qui présente la nouvelle formule, date de la semaine dernière. Bien évidemment, le cyanure ne fait pas partie des ingrédients. Cela ne t'apprend rien mais cette première réussite t'enhardit et tu cherches à hacker les autres médecins connus du Docteur Lenoir.

C'est en parcourant son dossier sur le serveur du docteur Rémi Bornet, son ophtalmologue, que tout s'éclaire pour toi.

Mais oui ! Comment n'y as-tu pas pensé plus tôt ? Et pourquoi le Colonel Moutarde ne t'a rien dit à ce sujet ? Tu comprends à présent pourquoi le pharmacien inscrivait les initiales des deux hommes sur les culots.

Le Docteur Lenoir est DALTONIEN !

Cela signifie que, depuis sa naissance, son cerveau interprète le vert comme du rouge, et le rouge comme du vert !

Va en 20 pour comprendre tout ce que cela signifie dans le cadre de ton enquête.

16

Ton enquête doit démarrer vite et bien. Et quoi de mieux pour commencer que de chercher l'arme du crime ? En découvrant la manière dont a été commis le crime – le *modus operandi*, comme disent les spécialistes – tu en sauras sans doute plus sur le coupable. Cela étant, tu n'as pas choisi la partie la plus facile. En effet, tu es persuadé que le Docteur Lenoir a été assassiné, mais comment cela a-t-il pu arriver alors que la nouvelle salle de bains, tant vantée par Mademoiselle Rose, était verrouillée de l'intérieur par la victime elle-même ? Personne d'autre ne pouvait s'y trouver, et cela pour deux raisons : d'abord parce que tu n'as vu personne en débarquant dans la pièce, l'épaule endolorie, et ensuite parce que tous les invités du manoir se trouvaient en ta compagnie dans la bibliothèque, à l'exception du Colonel Moutarde que tu as aidé. Il y a aussi le maître d'hôtel et les employés de maison, mais ton instinct de policier te souffle que l'assassin se trouve plutôt parmi les proches du Docteur Lenoir.

– Il faut appeler la gendarmerie immédiatement ! tonne le Professeur Violet, qui se refuse à entrer dans la pièce où se trouve le cadavre de son ami.

– Et le SAMU également, ajoute le Révérend Olive. Mademoiselle Rose n'a pas l'air de vouloir revenir à elle.

En effet, votre hôtesse est toujours étendue sur le sol, inconsciente. Cependant, le Docteur Orchidée est auprès d'elle.

– Tais-toi donc ! siffle la praticienne à son mari. Ce n'est qu'un malaise vagal lié à la découverte du corps de notre grand ami. Cela va passer…

Le Révérend s'éloigne en bougonnant, ouvre une fenêtre du couloir et allume une cigarette. Pervenche regarde la scène, muette de stupeur.

– Si personne ne va appeler les gendarmes, je le fais ! menace Violet.

– Non ! trouve la force de crier le Colonel Moutarde. C'est à moi et à moi seul d'agir après la mort cruelle de mon compagnon. Je vais m'en charger.

Tu fais confiance à l'ancien militaire pour temporiser. Mais ce sursis sera de courte durée. Aussi, tu dois prendre une décision rapidement.

Si tu souhaites visiter la salle de bains de fond en comble, va en 5.

Si tu préfères t'entretenir avec le Colonel Moutarde pour qu'il te raconte les minutes qui ont précédé le drame, va en 30.

17

Un crime, pour toi, c'est d'abord un coupable. Aussi décides-tu de débuter ton enquête « à l'ancienne », c'est-à-dire en menant des interrogatoires. Cela étant posé, il va te falloir agir avec tact et discernement. Tu ne vas pas pouvoir brandir ta carte de police pour forcer les invités du manoir à te parler. D'ailleurs, tu ne le désires pas. C'est toi qui as demandé au Colonel Moutarde de garder secrète ta véritable identité. Tu vas devoir te servir de tes qualités de « journaliste » pour tenter d'appréhender les caractères des uns et des autres. Le moindre mot de travers pourrait te faire démasquer. Si tel était le cas, tu braquerais tout le monde contre toi. Moutarde et Rose n'auraient alors pas d'autre solution que d'appeler la gendarmerie. Dès lors, tu serais déchargé de l'enquête.

– Nous ne pouvons plus rien pour notre bon ami, dit finalement le Docteur Orchidée. Aussi, retournons tous dans la bibliothèque pour nous soutenir dans l'épreuve et évoquer sa mémoire.

Tu annonces aux autres que tu vas vite les rejoindre. Le Révérend Olive et le Professeur Violet portent délicatement Mademoiselle Rose, qui est toujours inconsciente.

Quand tu te retrouves enfin seul avec Moutarde, tu en profites pour te concentrer quelques instants sur le corps du défunt. Il n'y a aucune trace de sang sur le corps, aucune blessure. Lenoir n'a pas été assassiné à l'aide d'une balle ou d'un coup de poignard. Ses lèvres bleues, cyanosées, évoquent plutôt l'emploi d'un poison, et très certainement du cyanure.

– Mon pauvre amour, balbutie l'ancien militaire en sortant de la salle de bains et en t'accompagnant jusqu'à la bibliothèque. J'espère que vous attraperez vite le coupable, jeune homme, et qu'il paiera cher pour son crime…

Tu passes les portes de la pièce dont les murs sont couverts de livres du sol au plafond. Cela sent le vieux papier et la cendre froide. Une grande cheminée s'étend sur tout un pan du mur. Mais le feu est éteint.

Olive te propose un verre de calvados pour te remettre de tes émotions mais tu déclines. Jamais d'alcool pendant le service. Et même en dehors du service, à vrai dire.

Il est temps pour toi de commencer à parler en toute discrétion aux invités.

Va en 21.

18

Ce serait le pompon, non, si la victime prenait un sirop comme celui décrit dans le chapitre cinq du roman ?

Alors tu n'hésites pas un seul instant et tu te rends dans la salle de bains. La porte est telle que tu l'as laissée : fermée. Et il ne te semble pas, au premier examen, que quelqu'un ait cherché à pénétrer dans la pièce. Le cadavre de ton hôte s'y trouve toujours et tu as de nouveau le cœur serré.

Mais, sans attendre, tu bondis près des deux vasques en marbre où Lenoir et Moutarde ont installé leur nécessaire de toilette. Et tu trouves bien deux flacons de sirop ! Deux ! L'un contient un liquide vert, et l'autre un liquide rouge. Tu ignores s'il s'agit de sirops antitussifs, car il n'y a aucune étiquette sur les flacons, mais cette découverte t'assomme !

Enfin, pas autant que le coup très violent que tu viens de recevoir sur le crâne. Concentré sur tes recherches, tu n'as pas entendu que quelqu'un s'était introduit dans la salle de bains en même temps que toi. Quand tu distingues, dans le grand miroir, l'éclat de la clef anglaise qui va s'abattre sur toi, il est trop tard. Tu ne peux esquiver le coup mortel.

Ton enquête s'arrête là, dans la nouvelle salle de bains qui compte à présent deux cadavres sur son beau parquet massif.

Attention à ne pas te laisser déstabiliser par tes découvertes. Tu dois rester sur tes gardes à tout instant, lors de ton enquête dans ce manoir de tous les dangers. Retourne en 1 pour mieux faire, si tu en as l'envie et le courage !

Si le sirop rouge du Docteur Lenoir contient bien du poison, il s'agit donc de l'arme du crime. Et tu ne souhaites pas que l'assassin apprenne que tu l'as déjà trouvée. Aussi, tu juges plus prudent de laisser les flacons dans la salle de bains et d'effectuer un prélèvement pour ensuite avoir tout le temps d'étudier les liquides dans l'intimité de ta chambre, loin des regards indiscrets. Pour avoir les coudées franches, tu demandes au Colonel Moutarde de retrouver les invités et de te laisser seul. Ce dernier obtempère et tu farfouilles alors dans les placards pour trouver deux petits contenants. Tu ne tardes pas à découvrir un lot de ces petites ampoules en verre qui servent aux échantillons de parfum. Par chance, elles sont vides. Tu en prends deux et tu verses adroitement quelques centilitres de sirop vert dans l'une et de sirop rouge dans l'autre. Une fois cette manipulation terminée, tu rebouches les deux et tu files dans ta chambre après avoir fermé la porte de la salle de bains. Pas besoin d'y punaiser une feuille pour en interdire l'accès. Les hôtes l'auront compris.

Bon, le souci, à présent que tu es assis dans le gros fauteuil en cuir de ta chambre, à observer les teintes des sirops à la lumière d'une ampoule, c'est que tu n'as pas de kit d'analyse dans tes affaires. Mais le Docteur Orchidée en possède sûrement un. Tu descends au rez-de-chaussée pour t'assurer que tous les convives sont bien réunis dans la bibliothèque. Une fois que tu en as la confirmation, tu remontes et tu te glisses sans vergogne dans la chambre du Docteur Orchidée et de son époux le Révérend Olive pour y trouver sa sacoche de médecin. Son stéthoscope et ses ustensiles ne t'intéressent absolument pas, mais tu distingues au fond du sac une petite boîte blanche en plastique frappée d'un symbole que tu reconnais aussitôt : un crâne et deux os formant une croix. C'est son nécessaire antipoison !

Ni une ni deux, tu retournes dans ta chambre. Tu as hâte de faire les tests. Comme tu le supputais, tu trouves des bandes de papier Cyantesmo qui vont te permettre de tester si un des sirops contient du cyanure. Tu les trempes simultanément et avec délicatesse dans les deux petits flacons et... Bingo ! L'un des deux papiers vire au bleu foncé tandis que l'autre garde sa couleur d'origine.

Le hic, c'est que le sirop qui contient le poison est celui réservé au Colonel Moutarde. Curieux, non ?

Va en 22 pour continuer ton enquête.

20

En raison de son daltonisme, le Docteur Lenoir a certainement confondu les flacons de sirop et a bu celui de son compagnon en pensant que c'était le sien.

Ceci induit que l'assassin ne voulait pas viser le Docteur Lenoir mais le Colonel Moutarde ! Les menaces de mort n'avaient donc rien à voir avec le meurtre…

Cela signifie aussi que le criminel ignorait tout du daltonisme de Lenoir, sinon il aurait choisi une autre façon de procéder. Et, à l'heure qu'il est, il (ou elle) doit se morfondre à l'idée d'avoir assassiné la mauvaise personne, pendant que Moutarde est toujours en vie !

Pauvre Docteur Lenoir, qui a ingurgité le poison par inadvertance ! Cette horrible méprise te donne encore plus de force pour terminer ton enquête.

Tu verrouilles ton ordinateur et tu descends aussitôt en demandant à tous les convives de se rassembler au rez-de-chaussée, où tu as une importante communication à leur faire.

Quelques minutes plus tard, tu les retrouves tous dans le salon : Moutarde, Rose, Pervenche, Violet, Olive et Orchidée. Ils te font face. L'un d'entre eux – à l'exception de Moutarde, la véritable cible – est donc un assassin.

Cette fois, tu n'hésites pas un seul instant à dévoiler ta véritable identité. Tu exposes la résolution du crime perpétré dans la salle de bains close. Le coupable a versé du cyanure dans le sirop de Moutarde, qui a été ingurgité par le Docteur Lenoir, parti se coucher plus tôt que son compagnon à cause de son mal de tête. Une confusion due à l'état de fatigue de Lenoir, au fait qu'il n'était pas habitué à ces nouveaux sirops, mais aussi à l'absence d'initiales, cette fois-ci, sous les flacons. Sinon, le Docteur Lenoir, sachant qu'il souffrait de daltonisme, ne les aurait pas confondus.

Cela aurait pu être un crime parfait, mais un innocent est mort !

À cet instant, tu guettes le visage des protagonistes, à l'affût du moindre signe révélateur.

Mais tous restent impassibles, sidérés par ce qu'ils viennent d'apprendre.

Il te reste à trouver le coupable et le mobile, à présent. Hélas, tu ne seras pas le seul à enquêter sur ces deux sujets. Tu entends une sirène se rapprocher du manoir et de vives lueurs rouges et bleues balaient les murs du salon.

Quelqu'un a appelé la gendarmerie de Deauville et tu vas devoir composer avec tes collègues pour continuer tes recherches.

Gagné ! Tu as trouvé le *modus operandi* de ce crime en chambre close : l'arme du crime et la manière dont il a été commis. Tu as mis au jour la méprise du meurtrier, mais tu ignores encore tout de son identité et de son mobile. Retourne en 1 pour mener une nouvelle enquête et trouver la voie royale, qui te permettra de répondre à toutes les questions et de faire toute la lumière sur cette bien étrange affaire.

21

Deux groupes se sont formés naturellement dans la pièce. Le premier encercle Mademoiselle Rose, qui vient de se réveiller et que tu entends pleurer à chaudes larmes. Il y a autour d'elle le Docteur Orchidée, qui l'ausculte, ainsi que le Professeur Violet et le Colonel Moutarde. Le Révérend Olive et Madame Pervenche tiennent un petit conciliabule à l'écart, près d'un globe terrestre majestueux qui renferme une splendide collection de bouteilles de spiritueux. Tu décides de t'approcher de ces deux-là.

– C'est terrible, souffle la journaliste. Le monde du jeu vidéo va être en deuil. Beaucoup de joueurs seront inconsolables d'avoir perdu leur grand manitou… Je ne suis pas spécialiste, mais, vous qui l'êtes… (Elle s'adresse à toi, évidemment.) Cela ne fait aucun doute, non ?

Tu approuves et tu réponds à Pervenche que c'est un vrai coup du sort, pour elle… Depuis le temps qu'elle voulait s'entretenir avec Lenoir. C'est un peu de la provocation, mais la jeune femme ne tombe pas dans le panneau. Elle se contente de hocher la tête pendant que le Révérend Olive se lance dans un panégyrique du défunt, louant à la fois la force de son âme et sa grande générosité.

Tu files alors vers l'autre groupe et ton instinct te souffle de commencer à discuter plus en détail avec deux de ses membres : Moutarde, car il est le compagnon du défunt, et Rose, qui en est la meilleure amie. De plus, elle a été très marquée par le crime et pourrait, dans son état de faiblesse, laisser tomber sa carapace pour lâcher quelques confidences. Moutarde et Rose sont aussi les deux seuls protagonistes du manoir à avoir côtoyé Lenoir plusieurs heures avant son assassinat.

Il n'y a pas à hésiter.

Si tu veux interroger Moutarde à part, va en 43.

Si tu préfères t'entretenir avec Rose, va en 27.

22

C'est franchement curieux, tu ne trouves pas ? En toute logique, le flacon contenant le cyanure aurait dû être celui du Docteur Lenoir. Alors pourquoi est-ce la solution verte, le sirop homéopathique de Moutarde contre les maux d'estomac, qui est empoissonné ? Qu'est-ce que cela cache, au juste ? L'assassin s'est-il trompé ? Mais cela voudrait dire que Lenoir s'est trompé lui aussi en buvant le sirop de son compagnon… Ou bien cherchait-on à attenter à la vie de Moutarde également ? Cela ne fait qu'épaissir le mystère.

Assis devant le secrétaire, tu te prends la tête à deux mains pour réfléchir.

Il y a bien une autre possibilité.

Le Colonel Moutarde a pu s'être trompé à propos des couleurs. Sous le coup, fort légitime, de l'émotion liée à la mort de son compagnon, tout est possible. Mais il y a aussi la possibilité qu'il t'ait sciemment menti. Auquel cas, ce n'est pas la même marmelade… Cela ferait de lui un potentiel coupable. D'autant que l'ancien militaire avait accès aux flacons de sirop de jour comme de nuit…

Tu entrevois deux pistes pour continuer ton enquête :

Retourner voir le Colonel Moutarde pour le questionner, en 35.

Ou bien, si tu préfères ne pas éveiller ses soupçons pour le moment, aller discuter avec le Docteur Orchidée qui était au courant de tous les secrets médicaux de son patient le Docteur Lenoir. C'est en 42.

23

Tu penses qu'il n'est absolument pas nécessaire de t'éterniser dans la salle de bains. Cela risquerait d'attirer l'attention des autres invités sur ta véritable identité. Aussi décides-tu de placer les affaires du défunt dans sa trousse de toilette afin de pouvoir les étudier à l'écart. Évidemment, pour ne pas poser tes propres empreintes sur les objets, tu as la bonne idée de les manipuler avec un gant de toilette. Le Colonel Moutarde te guide dans la manœuvre.

– Le peigne, oui, c'est aussi à lui, dit-il, la voix brisée par le chagrin.

Il s'efforce de ne pas regarder le corps de son compagnon, sur le sol.

– Le rasoir électrique, la crème antirides, et puis son flacon de sirop homéopathique, pour faciliter son endormissement…

Là, tu hésites. Il y a un flacon contenant un liquide rouge et un autre contenant un liquide vert. Tu interroges Moutarde du regard.

– Le vert, c'est le mien, contre mes aigreurs d'estomac. Le rouge est le sien.

Tu te résous finalement à prendre les deux flacons. Ton instinct te dicte qu'il serait bon de les étudier tous les deux. Un sirop que la victime boit quotidiennement avant de se coucher… N'est-ce pas une bonne façon de lui faire ingurgiter un poison ? Le vecteur parfait pour une dose de cyanure capable de la terrasser…

Tu ne tardes pas à t'excuser auprès de Moutarde et à regagner ta chambre pour y observer en détail toutes tes trouvailles. Évidemment, comme tu le supputais, l'analyse des peignes et des crèmes ne donne rien. Mais celle des flacons de sirop se révèle instructive.

Assis devant le petit secrétaire de ta chambre, à la faveur d'une puissante ampoule halogène, tu observes avec attention les empreintes digitales présentes sur les deux flacons que tu as recouverts de talc.

Eh oui ! Dans le cas présent, l'enquête ne consiste pas seulement à aller trifouiller dans les entrailles d'un ordinateur !

Ce qui te paraît étonnant, c'est la présence d'au moins six empreintes digitales différentes sur le flacon du Colonel Moutarde, contre une seule sur celui du Docteur Lenoir, les siennes très probablement. Étrange, non ? Si on a versé le poison dans la potion de Lenoir, c'est son flacon qui aurait dû être couvert d'empreintes… et notamment celles de l'assassin.

Tu dois élucider cette bizarrerie, va en 26.

24

Tu ne veux pas perdre plus de temps. Tu vas donc aller droit au but en interrogeant Mademoiselle Rose au sujet du testament. Dans son état, elle pourrait facilement se trahir, si ce n'est par la parole, au moins par une expression du visage qui soulignerait sa possible culpabilité. Tu la trouves en compagnie du Colonel Moutarde dans la salle de billard. Ils ne jouent pas sur le tapis vert, évidemment, mais sont en grande conversation à propos des obsèques du Docteur Lenoir et de l'avenir du manoir. Cela tombe plutôt bien que les deux personnages se trouvent ensemble. Ils sont les deux seuls et uniques bénéficiaires de l'héritage, après tout. Dès que tu refermes la porte, tu entres dans le vif du sujet et évoques la dernière version du testament.

– Qu'insinuez-vous donc ? se met à hurler Mademoiselle Rose, sans préavis.

Ses yeux s'injectent de sang et elle se rue sur toi, comme si elle voulait te griffer. Moutarde, lui, reste impassible, la tête baissée.

– Et d'ailleurs, hoquète-t-elle, qui êtes-vous donc pour vous mêler de nos affaires ? Vous n'êtes pas journaliste, n'est-ce pas ?

Tu tentes de la calmer mais c'est trop tard. Moutarde n'y peut rien non plus. Rose sort brusquement de la pièce et se précipite vers le téléphone du salon. Elle appelle la gendarmerie de Deauville. Tes collègues seront là dans une demi-heure tout au plus et c'est trop peu pour terminer ton enquête. Dommage !

La prochaine fois, essaie de te montrer plus psychologue face aux différents invités. Tous sont sous le choc et leurs comportements imprévisibles peuvent mettre en péril ton enquête.

Va en 1 pour faire mieux !

25

Tu n’as pas encore eu l’occasion d’examiner le smartphone du Docteur Lenoir sous toutes les coutures. En effet, pour le chef d’entreprise, cet objet était comme un second cerveau : il ne s’en séparait jamais. L’appareil électronique semblait greffé dans la paume de sa main droite. Son exploitation pourrait t’ouvrir des pistes insoupçonnées, car nos vies digitales rejoignent et recoupent très souvent nos vies ordinaires.

Mais comment mettre la main sur le « second cerveau » du Docteur Lenoir ? Tu peux raisonnablement penser qu’il se trouve dans sa chambre, sur son bureau ou sa table de chevet, puisque l’homme allait se coucher et était en train de se brosser les dents lorsqu’il a été foudroyé.

Tu files donc vers la chambre de Lenoir et de Moutarde. Tu as les coudées franches puisque le Colonel est parti retrouver ses invités dans la bibliothèque.

Enfin, c’est ce que tu pensais, mais tu déchantes rapidement. Tu as bien fait de jeter un coup d’œil par le trou de la serrure avant d’actionner la poignée de porte. En effet, quelqu’un se trouve déjà à l’intérieur de la chambre. Et ce n'est pas un employé de maison, non, car tu ne distingues pas d'uniforme. Le clair-obscur de la pièce t'empêche de voir son visage, mais ses vêtements te laissent penser qu'il s'agit d'un homme.

Ce n'est sûrement pas Moutarde, car il ne resterait pas dans l'obscurité pour évoluer dans sa propre chambre.

Alors Violet ? Olive ? Et que cherche cet intrus ? Le smartphone, lui aussi ? Des dossiers secrets ? En tout cas, cette visite est très certainement liée au meurtre.

C'est alors que te vient à l'esprit une idée lumineuse : tu vas faire sonner le smartphone de Lenoir ! Cela va faire peur au visiteur du soir – on craint toujours la sonnerie d'un mort – et t'informer de la présence (ou non) du téléphone.

Tu dégaines ton propre téléphone et tu composes le numéro de Lenoir. Aussitôt, la musique d'ouverture du jeu OneUniverse résonne dans la chambre et une lueur jaillit sur la table de chevet. Tu avais vu juste. Mais tu dois vite t'éloigner de la porte, car l'intrus, apeuré comme tu le supposais, sort en trombe de la pièce. Tu te dissimules derrière une commode du couloir pour le regarder passer.

Cependant, il s'enfuit si rapidement que tu n'arrives toujours pas à distinguer son visage, d'autant plus que tu es ébloui par la lampe halogène posée sur le meuble.

C'est idiot ! Tu ne sauras jamais qui était l'intrus. Tu hausses les épaules. Au moins, tu as réussi ta mission et tu files récupérer le smartphone de Lenoir.

Tu n'as qu'une hâte : regagner ta chambre pour étudier au mieux l'appareil. Mais quels éléments vas-tu examiner en premier ?

Si tu souhaites concentrer tes recherches sur les e-mails reçus par Lenoir, va en 37.

Si tu préfères fouiller dans ses fichiers vidéo et audio, va en 47.

26

L'idéal serait de pouvoir tester les sirops pour déterminer lequel, du rouge ou du vert, de celui destiné à Lenoir ou à Moutarde, est empoisonné. Tu as ta petite idée sur la question : ce doit être le rouge, celui de la victime, mais il faut t'en assurer. Hélas, tu n'as pas de kit de détection de poison sur toi et tu n'as pas le temps de joindre un collègue afin qu'il t'en apporte un. D'ailleurs, ce serait trop risqué, on te démasquerait aussitôt. Mais tu te dis que le Docteur Orchidée doit très probablement avoir un kit dans ses affaires. Sans attendre, tu descends l'escalier à pas de loup pour t'assurer qu'Orchidée est toujours en compagnie de son époux et des autres invités dans la bibliothèque. Ils se lamentent à propos de la mort du Docteur en buvant des digestifs. Parfait ! Tu fonces dans la chambre d'Orchidée et, coup de chance, la porte n'est pas fermée à clef. Comme disait Mademoiselle Rose : « On est entre gens de bonne compagnie, ici. » Hum. Tu n'es pas persuadé que l'ancienne star de la télé-réalité penserait la même chose à présent.

Au fond de la sacoche d'Orchidée, tu ne tardes pas à trouver une boîte blanche gravée d'un crâne et de deux os en croix : le symbole d'un danger mortel. Tu retournes à grands pas dans ta chambre et tu sors de la boîte deux bandes de papier Cyantesmo qui vont te permettre de tester les deux sirops. Tu les trempes simultanément et avec délicatesse dans les deux flacons et… c'est une réussite ! L'un des deux papiers vire au bleu foncé tandis que l'autre garde sa couleur d'origine.

Le hic, c'est que le sirop qui contient le cyanure est le sirop vert, le médicament du Colonel Moutarde. Est-ce que l'assassin s'est trompé de flacon ? Mais alors Lenoir n'aurait pas dû boire le sirop… Est-ce que le Docteur Lenoir s'est trompé de flacon ? Mais alors on aurait voulu empoisonner le Colonel Moutarde et cela n'a pas de sens, puisque c'est Lenoir qui recevait les menaces de mort…

Ou bien, plus simplement, Moutarde ne t'a pas dit la vérité à propos des sirops et c'est le vert que Lenoir prenait tous les soirs. Mais pourquoi cette approximation… ou ce mensonge ?

Tu entrevois deux pistes pour continuer ton enquête :

Retourner voir le Colonel Moutarde pour le questionner, en 35.

Ou bien, si tu préfères ne pas éveiller ses soupçons pour le moment, aller discuter avec le Docteur Orchidée qui était au courant de tous les secrets médicaux de son patient le Docteur Lenoir, en 42.

27

Mademoiselle Rose est la « cible » idéale, même si le mot est un peu fort. Elle est encore faible après son évanouissement, alors tu lui proposes de l'accompagner vers la cuisine, où elle désire s'entretenir avec les gens de maison au sujet du décès et de la terrible nuit qui s'annonce. Sur le chemin, dans les couloirs que vous arpentez à très faible allure, elle commence à reprendre un peu de force en te parlant du défunt. Le Docteur Lenoir était un phare pour elle, un grand homme comme on n'en fera plus et qu'elle adorait. Au tout début, elle paraît si fébrile que tu as l'impression qu'elle s'enfonce tout entière dans la moquette. Mais, au fur et à mesure de la conversation, elle se raidit et reprend son assurance coutumière.

– J'espère que celui qui a fait ça rôtira en enfer ! siffle-t-elle en approchant de la cuisine.

Tu lui demandes carrément si elle a une petite idée sur l'identité du coupable. Et c'est alors qu'elle débite un flot de paroles inouïes, à voix basse, en se hissant près de ton oreille, comme possédée. Tout le monde en prend pour son grade et sa qualité.

Moutarde ? Jaloux de la réussite entrepreneuriale de son compagnon, lui qui n'est que le fils d'un lord anglais et qui n'a jamais rien réussi dans sa vie.

Violet ? Un type incapable de prendre la lumière, qui évoluait dans l'ombre de Lenoir et qui le vivait de plus en plus difficilement.

Le Docteur Orchidée ? Une folle paranoïaque qui tournait autour de Lenoir pour se l'accaparer et se voir couchée sur son testament.

Et Rose qui disait que vous étiez entre gens de bonne compagnie, tout à l'heure, sur le parking ! Les masques sont vite tombés. Mais le pire des invités, selon elle, celui qu'elle déteste le plus cordialement, est sans conteste le Révérend Olive.

– Un homme d'Église qui a le cœur aussi sec et gris qu'une pierre. Un écrivain raté qui passe le plus clair de son temps à dilapider l'argent qu'il n'a pas au casino de Deauville. Même sa femme ne peut plus le supporter. Je ne sais pas pourquoi elle reste avec lui, vraiment… ni pourquoi le bon Docteur Lenoir appréciait tant sa compagnie ! D'ailleurs, Olive a passé le plus clair de son temps avant l'apéritif à arpenter le manoir de haut en bas, j'ai trouvé cela suspect…

Il n'y a bien que Pervenche et toi, qu'elle connaît peu, qui échappent à son courroux. Et encore, dans sa condition, elle serait capable de faire de vous deux diables sur pattes, si tu ne l'interromps pas ! Tu lui demandes alors si elle avait une bonne raison d'en vouloir à Lenoir. Comme ça. Très naturellement. Elle manque s'étouffer puis finit par répondre :

– Oui, vous l'apprendrez bien un jour, les journalistes sont forts pour cela… Je vais hériter d'un million d'euros, le prix de ma fidélité. Et alors ? Pensez-vous que cela vaille d'assassiner mon meilleur ami ?

Tu ne réponds pas car vous entrez à ce moment dans la cuisine. Comment vas-tu mener la suite de ton enquête ?

Le Révérend Olive ne ressort pas indemne de cette conversation. Veux-tu t'entretenir directement avec lui pour avoir son point de vue ? Va alors le chercher en 12.

Ou bien préfères-tu retourner devant tes écrans, pour tenter de hacker le réseau des caméras de surveillance du manoir et découvrir ce qu'a fait Olive avant l'apéritif ? Rends-toi alors en 33.

28

Ces découvertes inattendues te donnent l'idée de hacker le *cloud* de Madame Pervenche. Cela ne te prend pas plus de cinq minutes, grâce à ce petit programme de création de mot de passe aléatoire que tu as toi-même conçu.

Et là, dans l'espace numérique protégé de la journaliste, tu trouves enfin le graal ! Oui ! Un message électronique adressé au notaire anglais lui demandant de bloquer l'héritage du lord le temps que Pervenche soit en mesure de prouver sa filiation et, de fait, de réclamer la moitié de la fortune au Colonel Moutarde. Évidemment, ceci sans rien avouer à l'ancien militaire, ce qui témoigne du plus profond mépris de la loi de la part du notaire anglais et de sa cliente.

Dans un autre dossier du *cloud*, tu trouves la trace d'un virement bancaire de cinquante mille livres sterling, depuis le compte de Pervenche, au profit d'un compte aux îles Caïmans, au nom de James Holmes.

Bon. Tu as du lourd, à présent, grâce à tes compétences en hacking ! De quoi confronter Madame Pervenche à tout cela et lui faire avouer… Car tu commences à entrevoir un scénario dans ton esprit. Un scénario retors selon lequel le Docteur Lenoir ne serait peut-être pas la personne visée par l'assassin… mais une victime innocente.

Tu décides de réunir tout le monde dans le salon et tu bats le rappel au rez-de-chaussée ainsi que dans les chambres.

– Mais enfin, tonne le Colonel Moutarde en descendant le grand escalier. Que se passe-t-il ? Vous avez trouvé l'assassin ?

Tu lui réponds « Peut-être » mais, au fond de toi, tu es persuadé que oui. Rose manque s'évanouir à nouveau.

Et, quelques minutes plus tard, ils sont tous réunis dans le salon, certains assis, d'autres debout. Moutarde, Olive, Orchidée, Rose, Violet et Pervenche.

Tu fixes cette dernière droit dans les yeux et tu y lis tout de suite son malaise. Elle a dû comprendre.

Ne perds pas une seconde et va en 29 pour porter l'accusation.

29

Voilà, il est l'heure et tu as hâte de révéler enfin tes découvertes. Ton public semble impatient aussi d'entendre ce que tu as à dire. Tu commences donc, sans préambule :

– J'accuse Madame Pervenche d'avoir assassiné le Docteur Lenoir dans la salle de bains, à l'aide d'un poison…

Des cris résonnent dans le salon. Tu continues, sans te laisser distraire :

– … même si je peux prouver, documents électroniques à l'appui, que ce n'est pas le Docteur Lenoir que Pervenche, vraie journaliste, et vraie criminelle, voulait tuer !

– Mais qui, alors ? hoquète Moutarde.

– Eh bien, vous, Colonel ! réponds-tu. Car, voyez-vous, Madame Pervenche ici présente est votre demi-sœur… Mais le notaire James Holmes, d'Ashford, dans le Kent, vous l'expliquera mieux que moi.

– Tais-toi ! hurle la coupable. Mais tais-toi donc !

Tu balaies sa remarque d'un geste de la main.

– Oui, Colonel, votre père a conçu cet enfant lors d'un de ses voyages d'affaires en France. Il le savait mais a toujours refusé de reconnaître sa fille, malgré les demandes de la mère… D'ailleurs, il ne vous a jamais rien dit à ce sujet…

– Non, en effet, balbutie l'ancien militaire, sonné.

– Pervenche a tout fait depuis la mort de votre pèrc pour bloquer l'héritage. Elle voulait gagner du temps pour être en mesure de prouver sa filiation et rafler la moitié de la fortune du lord. Comme une vengeance *post-mortem*, pour elle… Mais, après tout, pourquoi ne pas convoiter la totalité de l'héritage ? Il suffirait pour cela de vous faire disparaître, Colonel. Si vous mouriez à cause d'une forte dose de cyanure, un soir de septembre, dans la salle de bains d'un manoir, par exemple… Ainsi, Madame Pervenche aurait de quoi continuer sa vie luxueuse tout en remboursant toutes ses dettes…

Rose éclate en sanglots devant cette révélation. Les autres restent muets, frappés de stupeur. Alors, Pervenche fait un pas en avant et prend la parole :

– Oui, j'avoue tout ! Et si c'était à refaire, eh bien ! je le referais… Mais cette fois, je prendrais soin de verser le poison dans le sirop de mon demi-frère, et non dans celui de ce pauvre Lenoir… J'étais pourtant persuadée de ne pas m'être trompée. Cela avait déjà été assez dur de pénétrer dans leur intimité, en faisant des ronds de jambe à Lenoir alors que je me fiche bien de lui et de son satané jeu vidéo…

Tu n'espérais pas des aveux si rapides, mais ça y est ! Tu les as obtenus ! C'est du bon travail, inspecteur, félicitations !

Gagné ! Les gendarmes arrivent quelques minutes plus tard et passent les menottes à Pervenche.

Tu peux être content de toi, certes, et les invités te félicitent tous. Mais ce n'est qu'une victoire partielle, car si tu as trouvé le nom de la coupable et son mobile, tu ne sais rien sur la manière dont elle a commis son forfait, le fameux *modus operandi* de ce meurtre en salle de bains close. Et, à en juger par l'attitude de Madame Pervenche face à tes collègues gendarmes, tout à fait muette, tu n'es pas près de l'apprendre.

Libre à toi de repartir en 1 pour mener l'enquête différemment et suivre la « voie royale », celle qui te permettra de solutionner l'énigme dans sa totalité.

30

Rien de mieux que le contact humain pour commencer une investigation. Tu aides le Colonel Moutarde à se remettre debout et tu lui tends un mouchoir en papier afin qu'il éponge ses yeux rougis par le chagrin.

– Je suis persuadé, dit-il, que cela a à voir avec ces menaces de mort qu'il recevait depuis plusieurs semaines, par e-mail et par message sur son téléphone. Il ne m'en parlait plus trop mais je savais que cela l'inquiétait beaucoup. D'ailleurs, il s'était fait concocter un sirop homéopathique pour lutter contre ses insomnies…

L'ancien militaire soupire, avant de continuer :

– Jeune homme, votre présence secrète au manoir atteste que mon compagnon prenait ces menaces très au sérieux. Mais ce qui me peine le plus, ajoute-t-il en s'épongeant à nouveau les yeux, c'est qu'il me soupçonnait sûrement. Sinon, il m'aurait révélé votre présence…

Tu éludes la remarque. Tu la trouves juste mais tu ne cherches pas encore le coupable, ni le mobile, mais plutôt l'arme du crime.

– Pourtant, inspecteur, je peux vous certifier que nous nous aimions comme au premier jour. Malgré les habituelles fâcheries de tous les couples, nous étions très attachés l'un à l'autre, inséparables à vrai dire…

Tu lui demandes de baisser la voix et de ne pas te désigner par ton grade. On pourrait vous entendre. Tu te penches alors vers le Docteur Lenoir et tu constates que son visage est figé dans un rictus de douleur. Aucune trace d'ecchymose sur le cou, pas d'impact de balle sur le corps. Les lèvres bleues, cyanosées, ne laissent que peu de doutes sur la cause de la mort : ton hôte a été empoisonné, probablement au cyanure. Ce qui est plausible dans une salle de bains fermée de l'intérieur. L'arme du crime, le poison, devait s'y trouver avant même que le Docteur Lenoir y entre.

Cela te remue d'observer le corps mort de cet homme que tu avais rencontré à de maintes reprises. Tu t'étais attaché à lui, d'autant que tu admirais aussi sa réussite professionnelle. OneUniverse est un jeu extraordinaire, qui reste novateur malgré ses dix ans de vie, une éternité dans le monde du jeu vidéo. D'ailleurs, il t'arrive encore d'y jouer en ligne avec ton personnage, contre des joueurs situés à l'autre bout de la planète. Cela ne fait qu'augmenter ta détermination à trouver le coupable de ce crime dans les meilleurs délais. Mais, pour cela, il te faut réunir des indices probants. Des indices que tu ne trouveras pas forcément dans les entrailles d'un ordinateur ou d'un smartphone, pour une fois...

Alors ? Que décides-tu pour faire progresser ton enquête ?

Si tu souhaites emporter tout ce qui appartient au Docteur Lenoir dans cette salle de bains pour l'examiner au calme dans ta chambre, va en 23.

Si tu préfères rester sur place pour les étudier, va en 10.

31

Tu t'isoles avec Olive dans le jardin d'hiver. L'haleine du Révérend est chargée. Tu as l'impression qu'en plaçant une allumette devant sa bouche, elle pourrait produire des flammes à même d'embraser les plantes et les arbustes tropicaux de feu le Docteur Lenoir, ainsi que les fauteuils en rotin sur lesquels vous êtes assis.

L'écrivain commence à t'expliquer doctement les principales différences entre les différents poisons. Tu essayes de recentrer le propos sur le Colonel Moutarde, mais le Révérend continue son exposé, te promettant d'y revenir bientôt.

Sa discussion n'en finit pas, rien n'émerge de réellement intéressant, il s'écoute parler et les minutes passent… Cela fait bientôt une heure que tu es avec lui lorsque tu vois des lueurs rouges et bleues à travers les vitres, accompagnées d'un bruit de sirène que tu connais bien.

Tu te lèves et tu vois, avec un pincement au cœur, qu'une voiture de la gendarmerie vient de se garer dans la cour du manoir.

Quelqu'un a dû finir par appeler les forces de l'ordre… Et tu en as bientôt la confirmation lorsque Mademoiselle Rose, le visage défait, vient vous annoncer qu'elle a passé, en personne, le coup de fil aux autorités.

C'est dommage, tu ne vas pas être en mesure de continuer ton enquête en solo.

La prochaine fois, il faut que tu avances plus vite dans ton enquête et que tu ne te laisses pas entraîner par un faux rythme.
Retourne en 1 pour retenter ta chance.

32

Il ne faudrait tout de même pas que tu oublies, dans cette affaire, que tu es un cyberpolicier. C'est d'ailleurs pour tes compétences en informatique que tu as été choisi par le Docteur Lenoir pour enquêter sur ses menaces de mort. Aussi, il est temps pour toi de retrouver tes chers écran et clavier. Tu regagnes ta chambre et t'y enfermes à double tour pour ne pas être dérangé. Madame Pervenche vaut bien que tu lui accordes quelques instants, non ? Elle est celle que tu connais le moins, ici…

Tu ouvres ton ordinateur portable extraplat (et surtout ultrapuissant) qui se connecte automatiquement au réseau 4G de la police, sans passer par le Wi-Fi du manoir. Question de discrétion et de confidentialité, évidemment.

Pervenche… Bien sûr, tu trouves des tonnes et des tonnes de résultats sur les moteurs de recherche. Sur les réseaux sociaux, la célèbre journaliste compte plus de trois cent mille abonnés, rien que ça ! Il faut dire que son émission est suivie chaque semaine par cinq à six millions de téléspectateurs. Une bonne base pour sa popularité. Mais toi, ce qui t'intéresse, c'est plutôt ce qui se cache derrière la belle image. Tu farfouilles sur plusieurs sites qui demandent un code d'accès : administration, sécurité sociale, impôts, et tu commences à trouver quelques éléments. Madame Pervenche vit seule et n'a pas d'enfant. Elle gagne bien sa vie mais tu t'attendais à un salaire plus élevé. Elle semble aimer les belles voitures, les articles de luxe et les vacances au bout du monde dans des hôtels cinq étoiles. Bref, elle a un grand train de vie et environ trois millions d'euros de dettes diverses auprès de plusieurs banques. Mais, au final, tu ne découvres rien de réellement croustillant. Le seul petit truc qui te fait tiquer, c'est la correspondance électronique que Madame Pervenche a entrepris avec le Docteur Lenoir afin qu'il accepte l'interview. Tu n'en as trouvé aucune trace dans les messageries professionnelles et personnelles de la journaliste que tu as réussi à hacker. Curieux. C'est comme si elle avait été méthodiquement effacée. Ces rapides recherches informatiques t'ont mis en appétit. Tu aimerais maintenant ausculter l'ordinateur personnel du Docteur Lenoir. Il doit certainement se trouver dans le bureau de la victime, au rez-de-chaussée. Avec de la chance, Lenoir aura conservé les échanges avec Pervenche dans sa messagerie.

Tu n'hésites pas une seule seconde et tu descends en direction du bureau. Tu frappes.

Personne ne répond. La poignée tourne et tu entres. La pièce sent l'encaustique. Il y a des manuels d'informatique, des livres et des bandes dessinées de science-fiction partout sur le sol et sur les étagères.

Tu avais vu juste. L'ordinateur portable est là, sur le bureau. C'est un modèle de compétition, tout comme le tien. Tu le connais par cœur. Pour éviter de te faire surprendre, tu actionnes le verrou de la porte. Puis tu commences ton investigation.

Bon, tu ne tardes pas à grincer des dents. L'accès au système d'exploitation est protégé. Tu t'y attendais, mais c'est une authentification à triple facteurs. Il va te falloir du temps pour la vaincre… à moins que tu utilises la montre connectée du Docteur, qui déverrouillera le système en un clin d'œil si tu la portes à ton poignet. Mais pour cela, il faut retourner dans la salle de bains et la prendre sur le cadavre.

C'est à toi de choisir.

Si tu prends la direction de la salle de bains pour aller chercher la montre, va en 40.

Si tu préfères te débrouiller autrement, même si c'est plus long, va en 41.

33

Une fois de retour dans ta chambre, c'est un jeu d'enfant pour toi de te brancher sur le réseau de surveillance privé du manoir. Ton ordinateur portable ultrapuissant te permet d'y accéder sans le moindre souci, et, surtout, de manière totalement sécurisée. On ne retrouvera jamais la trace de cette intrusion.

Tu épluches l'historique des caméras entre le moment où le Révérend Olive est arrivé au manoir – un quart d'heure seulement avant toi – et le début de l'apéritif. Rose ne t'a pas menti : l'homme d'Église avait la bougeotte. Il s'est promené dans tous les couloirs du manoir, a ouvert quelques portes, sans toutefois s'attarder dans aucune pièce, et s'est arrêté à plusieurs reprises pour prendre des notes sur un petit calepin. Son attitude ne ressemble pas à celle d'un assassin qui prépare son coup, mais plutôt à celle d'un écrivain piqué par la curiosité. Olive cherchait certainement l'inspiration pour son prochain livre... Le manoir, avec ses coins et recoins mystérieux, ferait d'ailleurs un décor idéal pour un roman policier en huis clos. Les déambulations du Révérend te paraissent donc parfaitement innocentes.

En revanche, en persévérant dans tes recherches, tu t'aperçois que Madame Pervenche a, elle aussi, pas mal circulé durant les quinze minutes qui ont précédé l'apéritif. La journaliste ne tenait pas en place et a suivi, peu ou prou, le même itinéraire de visite que le romancier. Jusqu'à traîner autour de la chambre du Docteur Lenoir et du Colonel Moutarde. La journaliste cherchait peut-être la meilleure pièce possible pour organiser son interview du samedi matin. C'est une hypothèse. Mais elle demande à être confirmée ou infirmée, non ?

Comment vas-tu procéder ?

Si tu décides de parler sans ambages à la journaliste, va en 36.

Si tu préfères continuer en douce, va fouiller dans son sac à main, que tu as aperçu sans surveillance tout à l'heure, dans la salle à manger, en 45.

34

Il y a des situations qui exigent de passer outre aux convenances. Là, tu te trouves face à un meurtre et tu te dois d'aller vite, peu importe l'heure qu'il est. Tu remontes dans ta chambre à toute allure et tu tentes de joindre James Holmes sur le téléphone fixe de son étude. Évidemment, à minuit passé, il n'y travaille plus. Tu essayes alors sur son portable et c'est une voix de femme qui répond.

– *Yes ?*

Heureusement, tu parles anglais, et plutôt bien, d'ailleurs. Tu demandes à t'entretenir avec le notaire. Il s'agit d'une affaire urgente. Pour appuyer ton propos, tu te présentes comme inspecteur de la brigade de cybercriminalité. Cela fait son petit effet. Trente secondes plus tard, tu as l'homme en ligne.

– Ah, oui ! dit-il dans un excellent français. C'est une drôle d'affaire, vous savez… L'héritage du lord est bloqué à cause d'une demande de cette Madame Pervenche, qui prétend être sa fille…

Tu demandes si le fils légitime, le Colonel Moutarde, est au courant.

– Plus ou moins, reconnaît le notaire, mal à l'aise. Il sait que l'héritage est bloqué, mais je ne lui en ai pas appris la raison...

– Et pourquoi ? le questionnes-tu.

Il est très gêné, là encore.

– Parce que Madame Pervenche m'a donné une grosse somme d'argent en échange de mon silence... Autant vous l'avouer tout de suite, puisque vous êtes de la police...

Donc Madame Pervenche a bien quelque chose à cacher. Tu lui demandes aussitôt de t'envoyer par e-mail les différents éléments pour confronter la journaliste à ces preuves. Le notaire te promet de se rendre à son étude sur-le-champ.

Mais il met plus d'une heure, une heure pendant laquelle tu trépignes. Et lorsque tu as enfin les documents en ta possession, tu te rues en dehors de la chambre pour trouver Madame Pervenche. Hélas, après s'être aperçue que quelqu'un avait fouillé dans son sac, elle a quitté le manoir sans demander son reste.

Quelle tuile !

Perdu !

La prochaine fois, essaie de ne compter que sur toi-même pour résoudre l'enquête, sans être tributaire d'une tierce personne… surtout si cette personne est située à des centaines de kilomètres. Fort de cette leçon, retourne en 1 pour retenter ta chance !

35

Le mieux reste encore de demander son avis au principal intéressé, non ? Ta devise, comme celle d'un célèbre club de foot, est d'aller droit au but. Alors tu fonces à la recherche de l'ancien militaire et tu ne tardes pas à le trouver dans le bureau du défunt. Il est installé dans le siège de son compagnon, un verre à la main. Il balbutie des excuses pour justifier sa présence ici.

– J'ai besoin de sentir son odeur… avoue-t-il. Cela me rassure de me trouver dans ce bureau, seul.

Tu le trouves presque touchant. En revanche, tu ne sais pas si ça « sent » vraiment le Docteur Lenoir. Les murs sont couverts d'ouvrages, essentiellement des manuels de programmation informatique ainsi qu'une fantastique collection de romans et de bandes dessinées de science-fiction. Certainement des sources d'inspiration pour le jeu OneUniverse, qui permet d'incarner un voyageur cosmique découvrant puis colonisant une multitude de planètes.

Mais tu n'as pas de temps à perdre. Tu t'assois en face de lui et tu lui parles des sirops.

– Quoi ? hoquète-t-il en lâchant son verre.

L'alcool se répand sur la moquette.

– Non, non, je vous assure, je ne vous mens pas ! se défend-il. Le sirop vert m'est destiné. Mon compagnon prenait le rouge quotidiennement, je peux vous le jurer… D'ailleurs, le pharmacien inscrit toujours nos initiales sur le culot des flacons. Pas sur les bouchons, car on pourrait les échanger, mais sur les culots…

Tu secoues la tête. Les initiales ont dû être effacées car tu n'en as pas vu. Un mystère de plus…

– Écoutez, dit le Colonel, le visage secoué de tics. Je n'aime pas dire du mal de mes amis, mais là, la situation est grave et je me dois de vous tenir ces propos…

Tu croises les bras en attendant ses révélations.

– Je ne saurais vous expliquer cette histoire de poison dans mon flacon, mais je suspecte deux invités au sujet des menaces de mort adressées à mon compagnon… Tout d'abord, le Révérend Olive. Il a perdu récemment une forte somme au casino et il avait demandé à Lenoir de l'aider à la rembourser. Mon compagnon lui avait prêté soixante mille euros. Olive aurait pu vouloir le tuer pour effacer sa dette… Et quand on sait que le Révérend s'intéresse aux poisons pour écrire ses romans policiers et qu'il a même publié un traité à ce sujet…

Tu demandes aussitôt qui est le second suspect.

– Rose… chuchote l'ancien militaire, presque gêné. Elle connaissait l'attachement de mon compagnon à son égard. Elle était là au tout début de l'aventure, elle a servi d'égérie pour la première campagne de publicité de OneUniverse. Elle savait qu'elle figurait en bonne place sur le testament de Lenoir et qu'elle toucherait un joli pactole à sa mort. De quoi financer ce film dont elle souhaite être la vedette pour relancer sa carrière…

Tout cela est fort instructif, en effet. Et si tu allais questionner ces bonnes âmes à propos des sirops ? Peut-être que l'un d'eux finira par avouer.

Si telle est ta tactique, tu peux aller en 31 pour rencontrer Olive, ou en 49 pour interroger Rose.

Si tu préfères continuer seul ton enquête, tu peux retourner dans ta chambre pour tenter de hacker les données médicales du Docteur Lenoir. Va alors en 15.

36

Autant t'adresser directement à la journaliste, non ? Et puis, comme cela, vous ferez plus ample connaissance. De retour dans la bibliothèque, le Colonel Moutarde, les yeux toujours rougis, t'informe que Madame Pervenche a regagné sa chambre.

Tu montes et tu frappes à sa porte. Elle te dit d'entrer et tu la trouves en jean et en chemise, assise à un bureau, devant son ordinateur. Elle a quitté sa robe de soirée.

– Qu'est-ce que tu veux ? demande-t-elle, sans pour autant s'arrêter d'écrire.

Sans préambule, tu lui parles de la vidéo-surveillance et, aussitôt, elle cesse de taper sur son clavier. Elle hésite un moment, puis referme son ordinateur et va ouvrir une grande fenêtre.

– Il fait chaud dans cette chambre, non ?

Tu la rejoins pour lui reposer la question au sujet de ses allées et venues dans le manoir. Tu te trouves dos à la fenêtre. Un air frais, mais curieusement doux et apaisant, souffle dans ton dos.

– Pourquoi tu veux savoir cela ? demande-t-elle.

Son visage a changé. Il s'est fait dur. Tu ne réponds pas. C'est à elle de se justifier.

– Ouais, on ne me la fait pas, à moi, siffle la jeune femme. Si tu crois que je ne connais pas ta véritable identité…

Ton instinct te dicte de t'éloigner de la fenêtre, mais il est déjà trop tard. La journaliste a bondi près de toi et te pousse brutalement vers l'arrière. Ton dos heurte la rambarde. L'impulsion est si violente que ton buste bascule en arrière. Tes pieds quittent le sol. Tu cherches vainement à agripper quelque chose, à te rattraper, mais tes mains balaient le vide ! Tu as basculé et tu dévales la façade du manoir, la tête la première.

Crac ! C'est l'ultime bruit que tu entends, celui de ton crâne qui se fracasse contre la pierre dure de la terrasse.

Ce n'était pas la meilleure façon de mener ton enquête. Il te faut apprendre à être plus discret. Retourne en 1 pour retenter ta chance !

37

Tes talents de hacking te permettent de déverrouiller le smartphone en une minute à peine, grâce à un programme de ton invention. Sans attendre, tu branches l'appareil à ton ordinateur portable. À présent, tu as le contrôle sur tout le dispositif électronique.

Inspecter les e-mails de la victime, c'est une valeur sûre. La messagerie du Docteur Lenoir affiche complet. Le chef d'entreprise n'était pas un adepte du nettoyage digital. En ouvrant l'application, tu observes que plus de trois cent trente-sept messages n'ont pas encore été ouverts. La plupart émanent d'employés de OneUniverse et traitent de la prochaine extension du jeu. Le contenu de cette extension ne t'intéresse guère. En revanche, ce que tu trouves captivant, c'est une suite de messages envoyés la semaine dernière par le Docteur Orchidée. Il y est question du bilan sanguin de Lenoir, et tous les messages, sans la moindre exception, se terminent par un post-scriptum dans lequel la praticienne reproche au Docteur Lenoir de ne jamais l'avoir dédommagée pour sa participation au jeu en ligne.

Mais quelle participation ?

Tu cherches sur le Net et tu trouves un long article qui évoque une participation bien involontaire d'Orchidée à OneUniverse. Il semblerait que Lenoir, même s'il s'en est toujours défendu, se soit servi du physique avenant d'Orchidée pour composer le personnage de Lady H., la « méchante » du jeu, le personnage noir par excellence. Évidemment, cela a fortement déplu à son médecin personnel.

Tiens, tiens… Est-ce que cela ne ferait pas un bon mobile ?

C'est une piste que tu décides de creuser.

Ou tout du moins que tu aurais aimé creuser. Car à peine as-tu refermé ton ordinateur que la lumière de ta chambre s'éteint. Tu n'angoisses pas immédiatement. Cela doit être une panne générale. Mais tu paniques réellement lorsque tu entends la porte s'ouvrir. Tu distingues une silhouette qui s'approche de toi et, aussitôt après, tu sens une vive piqûre à la base de ton cou, près de la clavicule droite. Mais qu'est-ce que… ?

Étais-tu sur la bonne piste ?

Tu ne le sauras jamais. Car le poison que l'on vient de t'injecter agit en quelques secondes à peine. Le même poison que pour Lenoir ? Tu perds connaissance et tu glisses sur l'épaisse moquette de ta chambre. Fin de la partie.

Perdu !

Même si tu as mené ton enquête avec discrétion, cela n'a pas encore été suffisant, apparemment. Recommence en 1 et tâche, cette fois, d'observer une prudence de tous les instants.

38

Cela fait déjà plusieurs semaines que tu travailles sur les menaces de mort adressées presque quotidiennement au Docteur Lenoir. Tu ne vas pas t'arrêter maintenant que l'assassin a réussi son coup ! Au contraire, tes précédentes recherches vont te servir de base pour mener cette enquête au manoir, démasquer le coupable, trouver son mobile et comprendre comment il a pu tuer ton hôte dans une salle de bains fermée de l'intérieur.

Et tu préfères continuer tes recherches en toute discrétion.

Tandis que tous les invités regagnent la bibliothèque pour y trouver, ensemble, quelque réconfort, tu restes en compagnie du Colonel Moutarde dans la salle de bains. L'ancien militaire a bien du mal à retenir ses larmes. Ce qui est tout à fait normal. Même toi, qui n'étais pas un intime de la victime, tu es rempli d'émotion – et d'indignation – face à ce corps inanimé qui gît sur le luxueux plancher de chêne.

– J'espère que vous trouverez le coupable, dit Moutarde, et qu'il paiera pour ce crime abject.

Tu le rassures : tu feras tout ton possible. Tu as hâte de retrouver tes chers ordinateurs pour commencer la cyberenquête, mais, en attendant, tu décides d'accorder tout de même quelques instants au cadavre, selon les méthodes « à l'ancienne » de la police criminelle.

Tu notes qu'il n'existe aucune trace de balle, ni d'ecchymoses ou de tuméfactions diverses. Lenoir n'a été tué ni par une arme à feu, ni par un objet contondant, ni par étranglement. Ses lèvres bleues, « cyanosées », comme on dit dans votre jargon, te font penser à l'emploi d'un poison, très vraisemblablement contenu quelque part dans la salle de bains. Mais tu n'as pas le matériel de test nécessaire pour continuer sur cette voie. Ce serait une perte de temps.

Non, toi, ton truc, ce sont les ordis et les réseaux. Alors autant mettre immédiatement à profit tes points forts pour partir sur de bonnes bases. C'est un adage qui se vérifie toujours en police judiciaire : une enquête qui commence mal ne se termine jamais bien. Dans la plupart des cas, le coupable n'est jamais arrêté et court toujours.

Tu te sépares de Moutarde en lui assurant que toute la lumière sera faite sur cette affaire. Tu entrevois deux manières de débuter : soit tenter d'exploiter le smartphone du Docteur

Lenoir pour en tirer quelque chose, soit te connecter au serveur de la brigade pour essayer de faire le lien entre des événements ou des indices passés et le triste événement du jour.

Quel est ton choix ?

Emprunter le smartphone, en 25 ?

Ou bien te retirer dans ta chambre pour jouer à l'archiviste, en 46 ?

39

Tu trouves sans mal Madame Pervenche, qui s'est retirée dans la salle de billard pour passer un coup de fil à l'aide de son téléphone portable. À qui ? Tu n'en sauras rien, car elle raccroche précipitamment. Tu te places face à elle, le coude posé sur le tapis vert, et tu lui annonces que tu t'apprêtes à l'arrêter et à la placer en garde à vue pour le meurtre du Docteur Lenoir. Tu ne prends pas de gants, non, et tu lui dis que tu sais tout de son lien avec le Colonel Moutarde. Il est son demi-frère. C'est une chance pour l'ancien militaire et une malchance pour votre hôte que les sirops aient été confondus. Dans un premier temps, Pervenche ne dit rien et garde les lèvres serrées. Puis elle s'approche de toi.

– J'ignorais que Lenoir était daltonien, lâche-t-elle.

Elle n'a pas besoin d'en dire plus. Avec cette simple phrase, elle signe des aveux complets. Et toi, dès lors, tu n'as pas besoin d'en entendre plus.

Malheureusement, tu n'auras pas le temps de te féliciter de ce succès. Pervenche se penche vers ses mollets et dégaine un petit poignard à la lame brillante et effilée. Lame qu'elle te plante dans le cœur avec tant de force que tu restes littéralement cloué sur la table de billard.

Le tapis vert se gorge aussitôt de ton sang rouge.

Dans la grande tradition du roman à énigmes, tu aurais dû porter ton accusation en public, devant tout le parterre des protagonistes du drame. Tente une nouvelle fois ta chance en 1 ! Et, cette fois, tâche de prendre exemple sur les grands enquêteurs de la littérature policière pour réussir.

40

Tu sais que le temps t'est compté. Si tu n'obtiens pas vite des résultats, le Colonel Moutarde ne pourra faire autrement que d'appeler la gendarmerie de Deauville. Et tu n'es pas non plus à l'abri d'une décision de Mademoiselle Rose à ce sujet…

Tu files donc sans attendre dans la salle de bains. Tu as bien du mal à contenir un frisson en retrouvant le corps sans vie du Docteur Lenoir, qui gît toujours sur le plancher de chêne. Rien n'a changé, semble-t-il, dans la pièce. Un rapide coup d'œil t'informe que la montre connectée se trouve toujours au poignet de la victime. Souvent, ce genre de dispositif sonne lorsque le cœur de son porteur s'arrête. Après étude, cela pourrait te permettre de connaître l'heure exacte du décès. Une bonne raison supplémentaire de t'emparer de l'objet.

Tu t'accroupis près du corps pour décrocher le bracelet.

Mais tu n'y arriveras jamais. La porte s'est ouverte derrière toi et tu fais volte-face. Trop tard ! L'intrus, masqué, se jette dans ta direction et abat un objet sur ta tête. L'arme luit. C'est une clef anglaise. Tu entends un horrible bruit de craquement. Les os de ton crâne.

Ton enquête se termine ici.

Il y a maintenant deux cadavres dans la nouvelle salle de bains luxueuse du manoir.

Ton enquête, même discrète, n'a pas échappé à la surveillance de l'assassin.
Retourne en 1 pour tenter à nouveau ta chance en évitant, cette fois, de prendre des risques inconsidérés !

41

Retourner près du cadavre dans la salle de bains te semble trop risqué. Cela pourrait éveiller les soupçons. Mais tu es un pro de l'informatique : l'ordinateur portable de Lenoir, même triplement protégé, ne devrait pas te résister bien longtemps. D'ailleurs, en cinq minutes à peine, et après quelques sueurs froides, tu parviens à y avoir accès.

Dans la messagerie, tu retrouves enfin les échanges entre le Docteur Lenoir et Madame Pervenche. Mais, franchement, ils sont très factuels et ne t'apprennent rien d'extraordinaire. Tu décides alors d'entreprendre une manœuvre qui paye toujours dans une enquête : la recherche des éléments récemment supprimés. Il ne s'agit pas seulement d'aller dans la « poubelle » du système d'exploitation, mais bien de faire remonter à la surface les éléments supprimés « définitivement » par l'utilisateur. Tu as ta technique à ce sujet, ou plutôt un logiciel sur une mini-clef USB que tu gardes toujours sur toi. Tu introduis la clef sur le côté de l'ordinateur et, presque instantanément, une fenêtre apparaît à l'écran. Elle liste les éléments supprimés. Tu y trouves un grand nombre de documents de travail à propos des derniers développements du jeu OneUniverse. Mais ton regard est irrémédiablement attiré par un fichier sobrement intitulé : « DerniereversionTestament_brouillon ».

Tu l'ouvres sans attendre et tu survoles tout le jargon juridique préliminaire pour t'intéresser directement au paragraphe qui donne la répartition de l'imposante fortune du Docteur Lenoir. Et là, tu as un hoquet de surprise en constatant que le compagnon de vie de Lenoir, le Colonel Moutarde, ne touchera que trente pour cent de l'héritage, contre… soixante-dix pour cent pour Mademoiselle Rose, la fidèle amie !

Quelle surprise !

L'argent pourrait-il alors être le mobile du crime ? Rose aurait-elle été capable de tuer pour reconquérir sa célébrité d'antan ?

Il est temps de réagir.

Si tu souhaites rencontrer Rose et lui demander si elle est au courant de cette clause dans le testament, va en 24.

Si tu préfères continuer ton travail de dissection des entrailles de l'ordinateur de Lenoir, rends-toi en 44.

42

Mieux vaut ne pas déranger une nouvelle fois le Colonel Moutarde et le laisser reprendre ses esprits. Il sera toujours temps de le questionner quand tu auras glané plus de renseignements auprès du Docteur Orchidée. Le médecin personnel du défunt a quitté la bibliothèque. Le Révérend Olive, son époux, t'indique qu'elle est partie à la cuisine pour chercher des glaçons. Tu te doutes que ces glaçons ne serviront pas à conserver le cadavre dans de meilleures conditions mais plutôt à agrémenter les alcools forts dont tout le monde s'abreuve pour encaisser le choc. Ce petit détour te permet de constater que Mademoiselle Rose a bien repris ses esprits mais reste groggy, allongée sur un sofa de la même couleur que sa robe.

Dans la cuisine, Orchidée t'accueille d'un grognement. Elle s'affaire devant le grand congélateur en compagnie d'une serveuse du manoir.

Tu la prends à part, près d'un plan de travail où s'étalent encore des restes du dîner, et tu lui annonces que Lenoir a été empoisonné au cyanure par l'intermédiaire d'un sirop homéopathique. Tu lui demandes si elle était au courant pour ce médicament.

– Mais de quel droit ! lance-t-elle.

Tu la rassures en lui annonçant la véritable raison de ta présence au manoir. Bang ! Là, elle se rembrunit, perd de sa superbe et accepte de te parler.

– Je ne crois pas à l'homéopathie, déclare le jeune médecin aux traits asiatiques. C'est un praticien suisse qui prescrivait ces mélanges. Notre cher ami Lenoir avait des insomnies à cause de son travail, il me l'avait confié, mais je n'estimais pas nécessaire de lui faire prendre des somnifères. Quant au Colonel Moutarde, désolée, je ne sais rien de ses dossiers médicaux. Cependant, vous parlez de poison… Et…

Tu fronces les sourcils avant d'inviter Orchidée à continuer.

– Et je sais que l'ancien militaire s'y intéresse tout particulièrement… C'est un sujet d'échange régulier avec mon mari Olive, qui écrit des romans policiers et s'est passionné pour la question du cyanure, de la strychnine et autres joyeusetés du genre. Il a même écrit un traité à ce sujet.

Tiens, tiens, c'est intéressant. Cela vaudrait le coup de creuser de ce côté, non ?

– Madame, les glaçons vont fondre, dit la serveuse qui tient un grand bol, toujours debout près du congélateur. Et mes doigts vont geler…

Le Docteur Orchidée a un geste vif de mécontentement.

– Allez porter ça dans la bibliothèque ! dit-elle sèchement.

Puis, à toi :

– Et vous, suivez-moi !

Tu fais promettre à cette maîtresse femme de ne rien dire à propos de ta réelle identité et tu files avec elle retrouver son époux en 31.

43

Le Colonel Moutarde est ton premier choix. C'est lui qui semble le plus marqué par cette mort. Et il y a de quoi : il formait un couple avec le Docteur Lenoir depuis plus de vingt ans ! Quel choc ce doit être pour lui. Cela pourrait d'ailleurs l'innocenter. On n'assassine pas celui ou celle qu'on aime. Au premier abord, oui. Sur le papier, comme on dit. Mais tu en as déjà vu d'autres dans ta courte carrière de policier et tu sais que les crimes dits « passionnels » existent bel et bien. Tu vas donc considérer l'ancien militaire comme un suspect potentiel et ne pas te laisser émouvoir par ses yeux rougis et ses sanglots récurrents.

Tu demandes au Colonel de te suivre et tu le guides jusqu'à la salle de billard, toute proche. Ici, vous ne serez pas dérangés.

– Je crois bien être le seul, dans ce manoir, à n'avoir aucune raison de me réjouir de la mort du Docteur Lenoir, lâche-t-il en préambule.

Tu le regardes sans rien répondre, les yeux mi-clos.

– Oh, je sais ce que vous allez penser… Je vais hériter d'une part de sa fortune, oui, c'est vrai ! Je figure en première place sur son testament et le notaire me proposera bientôt la majorité des parts de la société OneUniverse. Mais cela grossira juste un peu la fortune que j'hériterai bientôt de mon vieux père et qui se chiffre en dizaines de millions de livres sterling... C'était un lord anglais, l'un des plus riches propriétaires fonciers du Kent. Il est décédé l'année dernière mais l'héritage a été bloqué pour un vice de forme dont je vous passe les détails... Alors, pour moi, contrairement à Rose, par exemple, qui va hériter de quoi enfin produire son film, ou bien Violet, qui va récupérer les commandes du jeu, lui qui en rêve depuis des années... ce ne seront que quelques piécettes de plus. Rien qui puisse remplacer l'amour et la confiance que nous nous portions mutuellement...

Tu lui demandes sans ambages s'il n'y avait jamais de disputes entre eux deux.

– Comme dans tous les couples, inspecteur, répond l'ancien militaire. Ni plus, ni moins.

Moutarde est d'humeur bavarde. Parler a l'air de lui faire du bien. Tu en profites pour passer en revue les autres invités. Le Révérend Olive ?

– Un joueur de casino endetté.

Son épouse, le Docteur Orchidée ?

– Un médecin compétent mais une paranoïaque qui pense que Lenoir s'est inspiré d'elle dans le jeu OneUniverse pour créer Lady H., la grande méchante.

Tu lui fais remarquer que Madame Pervenche, en revanche, n'a rien à espérer de la mort du Docteur Lenoir. Au contraire, elle va perdre le record d'audience qu'elle espérait.

– C'est exact, répond Moutarde en lissant ses moustaches. Mais quelque chose ne me revient pas chez cette jeune femme. Je ne sais pas quoi vous dire… Son regard sonne faux. Je me fais peut-être des idées, mais elle me rappelle une femme sur un tableau de notre grande demeure familiale, à Ashford. Le portrait d'une aïeule qui m'a toujours glacé le sang. Si j'étais vous, je ne l'éliminerais pas de la liste des suspects, bien au contraire…

Tu n'en avais pas l'intention. D'ailleurs, tu te dis que cela pourrait être intéressant de tenter d'en savoir plus sur elle. Car si le Docteur Lenoir t'a bien parlé de ses amis avant ta visite, soupçonnant l'un d'eux d'être l'auteur des menaces, il n'a jamais mentionné Pervenche. Au fond, tu ne sais presque rien sur elle.

Alors ?

Après avoir pris congé du Colonel, vas-tu aller voir la journaliste, en 14 ?

Ou bien préfères-tu, au préalable, regagner ta chambre et chercher des renseignements sur elle via ton ordinateur, en 32 ?

44

Ton instinct de cyberpolicier te laisse penser que l'ordinateur de la victime n'a pas encore révélé tous ses secrets. Il reste encore beaucoup d'informations à découvrir.

Tu as le réflexe d'ouvrir le logiciel de prise de notes vocales utilisé par le Docteur Lenoir. Son accès nécessite un mot de passe, mais un petit programme très perfectionné de ton invention te permet de le trouver en une minute chrono. Tu ne peux t'empêcher de sourire lorsque tu te rends compte qu'il s'agit des dates de naissance du Docteur et du Colonel. Pas très sécurisé, tout cela, mais c'est tant mieux pour tes recherches…

Plusieurs fichiers attirent ton attention, dont un enregistrement audio qui date du début de la semaine. Il est intitulé « Debrief Pervenche ». Tu connectes ton oreillette *Bluetooth* au système et tu écoutes les pensées du Docteur, enregistrées à la suite d'un entretien avec la journaliste. Entendre sa voix tandis qu'il gît dans la salle de bains te serre le cœur.

– … *et je me demande bien pourquoi cette journaliste a insisté sur ma connaissance du site de généalogie GenBaum®. Elle est revenue plusieurs fois à la charge sur le sujet et j'en ignore la raison. Je me contrefiche de savoir les noms, prénoms et lieux de naissance de mes arrière-arrière-arrière-grands-parents et je le lui ai dit. Elle semblait choquée et m'a demandé si Moutarde pensait comme moi. Eh bien, oui, ma petite dame, Moutarde pense comme moi... Il n'a jamais aimé sa famille, et il ne va pas commencer maintenant ! Si elle me pose ce genre de questions parfaitement débiles lors de l'interview télévisée, ça promet...*

Ah, ça, c'est intéressant, non ? Le Docteur Lenoir avait mis le doigt sur un élément étrange. Pourquoi cette question de Pervenche à propos de GenBaum® ? La généalogie est-elle une marotte de la célèbre journaliste ?

Il est temps d'éteindre l'ordinateur de Lenoir et de quitter le bureau. Tu remontes à toute vitesse dans ta chambre et tu te connectes au site de généalogie allemand. Comme identifiant, tu entres l'adresse de messagerie professionnelle de Pervenche. Et comme mot de passe... Hop ! Tu lances ton programme. Tu ne perds rien à essayer, non ?

Non seulement tu ne vas rien perdre, mais tu vas surtout y gagner !

Tu es connecté à l'espace personnel de la journaliste et son arbre généalogique se charge.

Et là, divine surprise ! Madame Pervenche est représentée dans l'arbre à côté d'un certain… Colonel Moutarde ! Incroyable ! Voilà pourquoi elle a « innocemment » questionné Lenoir à ce sujet. La journaliste a le même père que le Colonel, mais pas la même mère. Tu comprends que Madame Pervenche est le fruit d'une relation extraconjugale et que son père décédé, un richissime lord anglais, n'a pas voulu la reconnaître de son vivant. Madame Pervenche a certainement entamé des démarches pour se faire valoir comme héritière de la fortune du lord, à égalité avec son frère. Bien sûr, cela ne la désigne en rien comme la meurtrière du Docteur Lenoir – pour le moment, tout du moins –, mais sa présence au manoir n'est plus seulement liée à la fameuse interview !

Le Colonel Moutarde est-il au courant de ce lien de parenté entre eux ?

Tu continues de pianoter sur ton ordinateur pour en savoir plus, en 28.

45

Le sac à main de Madame Pervenche se trouve-t-il toujours sur un fauteuil de la salle à manger, là où la journaliste l'a déposé ? Cet oubli de sa part s'avérerait payant pour toi. Un sac à main contient souvent des objets intimes qui pourraient te renseigner bien mieux qu'une conversation avec ta « consœur ».

Sans hésiter, tu te rends sur les lieux pour en avoir le cœur net. Avec cette tragédie, la table n'a pas été entièrement débarrassée et des restes de repas se trouvent encore dans les assiettes. Des verres se sont même renversés sur la nappe.

Mais tu n'es pas là pour jouer les majordomes. À ton grand soulagement, le sac à main se trouve toujours à sa place !

C'est une chance. Tu t'accroupis derrière un gros fauteuil, pour te cacher de ceux qui pourraient pénétrer dans la pièce, et tu ouvres le sac. Tu dois faire vite, chaque seconde compte. Tu déniches une carte d'identité, un rouge à lèvres, un petit miroir, ainsi que des pastilles contre la toux. Il y a aussi une liasse de billets de vingt euros et un mouchoir en tissu savamment plié. Mais c'est le porte-cartes qui retient ton attention. À l'intérieur, tu découvres une vingtaine de cartes de visite portant le nom, l'adresse de messagerie électronique et le numéro de portable de Pervenche. Bon, cela, tu pouvais t'y attendre. Mais c'est une carte singulière, qui ne ressemble à aucune autre, qui te frappe ! Elle porte le nom et le logo d'une société allemande, GenBaum® GmbH. Tu as entendu parler de cette entreprise l'année dernière car elle s'est fait pirater son site Internet et voler toutes ses données. Elle est spécialisée dans la recherche d'ascendance et de descendance de ses clients. En bref, elle se charge de réaliser votre arbre généalogique.

Tiens, tiens… Soit Madame Pervenche s'est brusquement passionnée pour la généalogie, soit elle a lancé des recherches dans un but très précis. Il y a un code à six chiffres et deux lettres au verso de la carte. Pourrait-il te donner accès à l'espace personnel de Madame Pervenche sur le site de GenBaum® ?

Tu remontes dans ta chambre en vitesse et tu te connectes au site grâce à l'adresse électronique de Madame Pervenche. On te demande d'entrer un code. Tu entres celui qui est inscrit au dos de la carte.

Victoire ! Tu es connecté à l'espace et un arbre généalogique se charge.

Et là, c'est comme si tu recevais un uppercut en pleine figure !

Madame Pervenche est représentée dans l'arbre à côté d'un certain… Colonel Moutarde ! Incroyable ! La journaliste a le même père que le Colonel, mais pas la même mère. Tu comprends que Madame Pervenche est issue d'une relation extraconjugale et que son père décédé, un richissime lord anglais, n'a pas voulu la reconnaître de son vivant. Madame Pervenche a certainement entamé des démarches pour se faire valoir comme héritière de la fortune du lord, à égalité avec son frère. Bien sûr, cela ne fait pas d'elle la meurtrière du Docteur Lenoir – ou tout du moins, pas encore –, mais sa présence au manoir n'est plus seulement liée à la fameuse interview !

Le Colonel Moutarde est-il au courant de ce lien de parenté entre eux ?

Tu lis, dans un des messages adressés à Madame Pervenche, les coordonnées d'un certain James Holmes, un notaire anglais, domicilié à Ashford, dans le Kent.

Si tu veux, malgré l'heure tardive, appeler le notaire anglais pour en avoir le cœur net, va en 34.

Si tu préfères continuer tes recherches seul en mettant à profit tes talents en informatique, continue de pianoter sur ton ordinateur en 28.

46

Tu as déjà bien assez de documents à exploiter dans ton ordinateur pour ne pas avoir à en rajouter. L'assassinat du Docteur Lenoir confirme une intuition que tu as déjà partagée avec la victime : celui qui envoyait les menaces de mort et qui est finalement passé à l'acte figurait bien parmi les proches du chef d'entreprise. Dès lors, tu vas pouvoir reprendre ton enquête en te concentrant sur une liste réduite de suspects, tous présents ce soir au manoir : Rose, Orchidée, Olive et Violet. Tu hésites à y inclure Moutarde et Pervenche. Tu n'imagines pas vraiment le Colonel assassiner son compagnon ; sa tristesse avait l'air sincère. Quant à Pervenche, elle n'a aucun lien avec le défunt, si ce n'est qu'elle devait l'interviewer pour réaliser un coup journalistique. Ce crime ne l'arrange donc en rien.

Tu t'installes au petit secrétaire de ta chambre et tu ouvres une session sur ton ordinateur. Il s'est mis à pleuvoir sur la Normandie et de grosses gouttes tambourinent contre la fenêtre. L'orage est là. Le ciel gronde, comme pour ajouter au caractère lugubre de cette soirée.

Dans ta messagerie, tu trouves un e-mail d'un de tes collègues inspecteurs. Il t'envoie plusieurs fichiers vidéo provenant d'un cybercafé situé dans le 13e arrondissement de Paris. C'est en effet dans ce quartier, où se trouvent à la fois le siège de OneUniverse et le domicile personnel du Docteur Lenoir, qu'ont été envoyées la plupart des menaces de mort. Chaque message a été expédié par une adresse e-mail anonyme, créée depuis une adresse IP appartenant à un cybercafé de cet arrondissement. Et les vidéos en question proviennent du dernier cybercafé fréquenté par le « corbeau ».

Tu lances la première vidéo et quelle n'est pas ta stupeur d'y découvrir le Professeur Violet, vêtu d'un imperméable et d'un chapeau, quittant l'établissement. Le collaborateur de Lenoir a voulu se dissimuler sous son couvre-chef, mais, à la faveur de son reflet dans la vitrine, tu distingues sans aucune erreur possible ses lunettes si caractéristiques. Sans attendre, tu lances la lecture des vidéos suivantes et tu retrouves, à chaque fois, le même imperméable et le même chapeau. Pas très discret, Violet. Mais ne s'improvise pas criminel qui veut. Et tant mieux pour la police !

C'est une sacrée piste que tu tiens là ! Mais comment vas-tu l'exploiter ?

Si tu vas voir directement Violet pour le mettre devant le fait accompli, c'est ton droit, va en 6.

Si tu penses que c'est encore prématuré, continue tes recherches en 9.

47

Le smartphone est protégé par un dispositif sollicitant l'empreinte digitale du Docteur Lenoir. Tu souris en pensant à tous ces romans, ces films et ces séries télé où un personnage parvient à déverrouiller un smartphone en posant le pouce d'un mort sur le dispositif tactile dont il est question. C'est impossible car il faut que le doigt soit à la température du corps. Or, un cadavre refroidit vite.

Heureusement pour toi, tu peux aussi déverrouiller le téléphone avec un code. Grâce à tes talents de hacking, celui-ci ne te résiste pas longtemps. Tu branches le smartphone de Lenoir sur ton ordinateur portable et, aussitôt, un petit programme de ton invention se met en route pour faire sauter tous les verrous en quelques secondes.

Le répertoire multimédia de l'appareil fourmille de fichiers. Tu décides de les écouter du plus récent au plus ancien et tu ne tardes pas à trouver l'enregistrement d'une conversation téléphonique bien intéressante, datant du début de la semaine. Elle oppose le Docteur Lenoir au Révérend Olive.

– Mais enfin, Lenoir, tu sais bien que je te les rendrai, tes soixante mille euros.

– Oui… Comme tous mes autres prêts, n'est-ce pas, Olive ? Mais là, c'est la dernière fois que je te dépanne. Cesse donc de jouer au casino, tu y perds des sommes folles… Pour l'amour de ta femme, le bon Docteur Orchidée, fais-toi interdire de jeux, Olive ! La démarche est simple…

– Ça ne te regarde pas ! Contente-toi de faire le virement et de la fermer. Sinon, je balance tout ce que je sais sur toi à la presse. Tiens, vendredi soir, il y aura bien deux journalistes à table, le moment rêvé pour…

La conversation se coupe à cet instant.

C'est instructif, très instructif même. Car si le Révérend n'a pas rédigé de reconnaissance de dettes au Docteur, la mort de ce dernier annule les sommes. L'homme d'Église n'a plus à les rembourser !

Ni une ni deux, tu laisses ton ordi et le smartphone de Lenoir dans ta chambre, que tu verrouilles à double tour. Tu es décidé à faire un petit tour dans la chambre d'Olive et d'Orchidée pour voir si tu ne trouves pas d'autres indices. Il semble n'y avoir personne. Hélas, la porte est fermée. Pas grave. Tu sens un courant d'air sous la porte, ce qui signifie que la fenêtre donnant sur la façade du manoir est restée ouverte. Si ta mémoire est bonne, elle est accessible depuis celle du couloir, qui se trouve juste à côté. Il te suffira de marcher avec précaution sur une petite corniche décorative.

Tu enjambes la rambarde et te retrouves dehors. Il bruine mais cela ne te gêne pas. Un rapide coup d'œil t'informe que la fenêtre d'Olive est bien ouverte. Tu fais extrêmement attention. Tes yeux sont rivés sur tes pieds afin de t'assurer qu'ils ne quittent pas la corniche.

Et c'est une cruelle erreur. Car tu ne vois pas surgir par la fenêtre le bras qui te frappe en plein sur la tête. Déséquilibré, tu lâches ta prise et tu tombes.

Deux secondes et demie plus tard, ton dos et ton crâne se fracassent sur la terrasse du manoir.

Tu es mort.

C'est bien beau de jouer aux acrobates en pleine nuit, accroché à la façade d'un manoir, mais n'oublie pas que tu comptes de nombreux ennemis à l'intérieur… Repars en 1 pour tenter, cette fois, de réussir ton enquête.

48

Le Docteur Orchidée s'est retirée dans le jardin d'hiver pour avoir quelques instants de paix et de solitude. Lorsqu'elle te voit débarquer, elle laisse échapper un petit soupir. Tu ne prends pas la peine de t'excuser et tu lui demandes tout de go si elle se souvient de l'intrigue des *Fantômes de Berrymoor*. Ta question la désarçonne un peu, mais, comme tu le supposais, la praticienne se reprend vite. Elle réfléchit à voix haute tout en déplissant sa jolie robe, qui recouvre ses genoux.

– *Les Fantômes*… Voyons, voyons…

Elle a retrouvé toute sa maîtrise. Orchidée n'est pas de celles qu'on peut déstabiliser d'une simple parole.

– Mais oui ! Maintenant que vous me le faites remarquer… C'est cette histoire grotesque d'empoisonnements dans un petit village du Kent…

Tu lui rafraîchis la mémoire et tu évoques la victime du chapitre cinq, assassinée dans une salle de bains.

– Ah, oui ! Je m'en souviens : empoisonnée au cyanure en buvant son sirop. Un flacon contenant une substance rouge, si je ne m'abuse. Comme le flacon présent dans la salle de bains de mon ami Lenoir…

Elle a l'œil, le Docteur Orchidée. Celui du professionnel. Mais elle se défend aussitôt :

– Remarquez, il y en avait aussi un vert… Mais les sirops du Docteur Lenoir et du Colonel Moutarde, ce n'est pas moi qui les ai prescrits. Il s'agit certainement des remèdes homéopathiques concoctés par leur médecin de Genève, spécialisé dans cette science médicale à laquelle je n'adhère absolument pas.

Ni une ni deux, tu la prends par le bras et tu la mènes vers la bibliothèque. Tu hèles le Colonel Moutarde qui s'y trouve. C'est peut-être cruel de confronter une nouvelle fois l'ancien militaire au cadavre de son compagnon, mais tu souhaites t'entretenir avec Orchidée et Moutarde dans la salle de bains. Au sujet des sirops.

Une fois arrivé à l'entrée de la salle de bains, Moutarde ravale un sanglot avant de répondre à tes questions.

– Le vert, c'est mon sirop, hoquète-t-il. À base de quinine. Il calme mes maux d'estomac. Le rouge était celui de mon compagnon. De la valériane…

Orchidée s'empare des deux flacons, les débouche et les porte à ses narines.

– Curieux, dit-elle, le vert a une odeur d'amande amère…

« Comme le cyanure », penses-tu. Orchidée continue :

– Vert et rouge… Pas d'étiquette… Avec son daltonisme, notre bon Docteur Lenoir devait avoir bien du mal à discerner lequel est le sien et lequel est le vôtre, Colonel…

Elle se tourne vers toi tandis que cette histoire de daltonisme trotte dans ta tête. Donc Lenoir avait du mal à différencier le vert du rouge ? Cela pourrait expliquer bien des choses, dans cette enquête…

– Mais qui êtes-vous donc pour poser de telles questions et agir de la sorte ? demande Orchidée.

Cette fois, tu juges inutile de cacher ta véritable identité. Puisque Moutarde est au courant, tu donnes ton nom au Docteur, ainsi que ton grade d'inspecteur.

– Vous êtes de la police, ricane Orchidée. J'aurais dû m'en douter…

Évidemment, tu lui demandes de garder le silence pour le moment.

– Mais, j'y songe : nous devrions aller voir mon époux, le Révérend, propose-t-elle. Il pourra sûrement vous en apprendre plus au sujet des poisons !

Moutarde hoche la tête. Il est de cet avis.

Si tu acceptes, va en 8.

Si, à l'inverse, tu préfères continuer tes recherches seul, en te concentrant cette fois sur Madame Pervenche, qui s'intéressait au roman, va en 51.

49

Tu retournes vite dans la bibliothèque et tu t'agenouilles près de Mademoiselle Rose comme pour lui demander audience. L'ancienne star de la téléréalité, encore un peu dans les vapes, finit par céder et vous partez tous les deux en direction de la salle de réception. Rose s'affale sur un fauteuil en tissu vert et tu prends place en face d'elle, sur le banc dévolu au grand piano à queue qui occupe un quart de la surface de la pièce.

Tu as décidé d'attaquer bille en tête et tu lui dis que tu sais tout à propos de la place de choix qui lui est réservée dans le testament du Docteur Lenoir.

– Le corps de mon meilleur ami est à peine refroidi que vous parlez déjà d'argent ! crache-t-elle.

On frappe à la porte et une serveuse vient déposer un plateau contenant deux tasses d'infusion à la camomille. Rose prend celle de droite et la porte à ses lèvres. Tu as beaucoup parlé, tu as la gorge sèche. Tu te laisses alors tenter par celle de gauche.

– Je n'ai rien à voir avec son assassinat, dit Rose.

Tu tentes de la pousser dans ses derniers retranchements en évoquant les flacons de sirop homéopathique, mais sans résultat.

– Je ne savais même pas que le Docteur Lenoir prenait cette médication ! se défend Rose.

Pourtant, tu te sens mal à l'aise en face de cette femme. Elle esquisse un petit sourire en coin lorsqu'elle te regarde boire ton infusion. Et tu ne tardes pas à en comprendre la raison. Car la tête te tourne de plus en plus, tu te sens mal, bien mal ! L'infusion devait être empoisonnée, elle aussi !

Et tu tombes dans l'inconscience…

Ton enquête est terminée. La prochaine fois,
il te faudra prendre de meilleures décisions
et davantage de précautions.
Retourne en 1 pour retenter ta chance,
si tu en as le courage.

50

– Oui, j'avoue le crime. Mais ce n'est pas le Docteur Lenoir qui devait mourir empoisonné… C'est le Colonel Moutarde, mon demi-frère, le fils du richissime Lord Moutarde, ce père qui n'a jamais voulu me reconnaître…

Tu étais en apnée, tu respires à nouveau. C'est gagné ! Tu as tes aveux ! Il te reste à délivrer la solution de l'énigme à tes auditeurs attentifs. Ils ont beau lancer des regards de haine vers la journaliste, ils restent pendus à tes lèvres. Même Pervenche semble attendre la suite. Tu commences alors ton récit :

– Lorsque le Docteur Lenoir s'est retiré de table à la fin du repas, il était fatigué, nauséeux même. Il est parti se coucher et s'est enfermé dans la nouvelle salle de bains, qu'il partageait avec son compagnon, le Colonel Moutarde. Avant de se brosser les dents, le chef d'entreprise prend un traitement homéopathique : un sirop qui l'aide à trouver le sommeil, en ces temps troublés par les menaces de mort… Le sirop de Lenoir est rouge. Celui du Colonel, contre les maux d'estomac, est vert. Aucune étiquette ne figure sur ces sirops, fabriqués sur commande en pharmacie… Dès lors, au moment de prendre sa potion, le Docteur Lenoir, fatigué, a oublié de « corriger » son daltonisme, et, par réflexe, a ingurgité le sirop vert à la place du sirop rouge habituel. C'est le sirop vert qui contenait le cyanure. Le poison mortel avait été versé avant l'apéritif, par Madame Pervenche en personne. Il suffira de vérifier les allées et venues de la coupable sur la vidéosurveillance du manoir… Cela ne fera pas un pli…

Le silence, dans le salon du manoir, est total. Tu continues donc :

– Alors, pourquoi ? Pourquoi Pervenche voulait-elle assassiner l'ancien militaire ? Eh bien, parce qu'elle était sa demi-sœur ! Oui, vous avez tous bien entendu… Aussi étrange que cela puisse paraître, elle était la fille de Lord Moutarde, née d'une relation extra-conjugale. Mais le riche et puissant homme d'affaires et homme politique du royaume d'Angleterre n'a jamais voulu la reconnaître… Ni de son vivant, ni même après sa mort… Elle ne pouvait donc pas prétendre à sa part de l'héritage colossal !

Tu te tournes vers la journaliste et demandes :

– Comment avez-vous fait pour bloquer l'héritage, Pervenche ?

La journaliste ricane :

– J'ai obtenu un délai de la part du notaire anglais qui s'occupe de cela, à Ashford, dans le Kent.

– James Holmes ? murmure le Colonel Moutarde.

– En personne, mon cher frère, grince Pervenche. Contre la somme de cinquante mille livres sterling, il a accepté de faire traîner les choses à la mort de notre père et de vous cacher mon existence... Il n'y a rien de plus facile, en réalité, que de corrompre un solliciteur anglais en lui promettant des espèces sonnantes et trébuchantes... Que représentent cinquante mille livres en face des dizaines de millions que je m'apprêtais à toucher ? De quoi rembourser tous mes crédits, toutes mes dettes, de quoi quitter ce satané boulot de journaliste et m'acheter une île dans le Pacifique pour vivre au soleil, dans les embruns, toute l'année... Une fois le Colonel Moutarde mort, je pouvais enfin faire valoir mes droits sur l'héritage du lord et tout rafler... Tout !

Elle marque une pause durant laquelle Olive et Violet lâchent une nouvelle bordée d'insultes. Pervenche n'y prête pas la moindre attention.

– Mais, ce que j'ignorais, c'est que Lenoir était daltonien… continue-t-elle. Sinon, je n'aurais pas mis le poison dans son sirop, comme dans *Les Fantômes de Berrymoor*, mais dans son tube de dentifrice, par exemple… Un lavage de dents mortel, cela aurait pu avoir du panache aussi, vous ne trouvez pas ?

Quel cynisme, de la part de la journaliste !

– S'inspirer du roman, c'était un moyen de faire accuser le Révérend, en somme ? demandes-tu.

La coupable acquiesce.

– Oui. Lenoir m'avait avoué qu'Olive lui devait des sommes d'argent colossales, ainsi qu'à Moutarde. Je me suis dit que cela lui ferait un bon mobile, que ce soit pour assassiner l'un ou l'autre…

– C'est machiavélique, lâche le Docteur Orchidée.

– Cela va au-delà de tout, pleure Mademoiselle Rose.

Pervenche balaie une nouvelle fois ses paroles.

– Alors, oui, tu as eu raison sur toute la ligne, jeune homme, conclut-elle. Et si je ne risquais pas vingt ans de prison à cause de ta sagacité, je te féliciterais d'avoir trouvé la solution à cette énigme. Mais là, vois-tu, j'ai plutôt envie de te cracher à la figure !

Elle s'avance vers toi mais tu ne bouges pas. Puis la coupable mime le geste de te cracher dessus avant de faire un pas de côté et de bondir vers la porte. Elle cherche à s'enfuir !

Le Colonel Moutarde et le Docteur Orchidée sont les plus prompts à réagir. Ils la ceinturent avant qu'elle ne quitte le salon. Pervenche cherche bien à se débattre, mais le compagnon et le médecin personnel de Lenoir l'allongent et la plaquent violemment au sol.

Pervenche ne pourra plus s'échapper à présent. Tu lui passes donc tranquillement les menottes avant qu'un fourgon de la gendarmerie vienne la chercher pour la mener en prison.

Fin

Gagné ! Félicitations ! Tu es parvenu à suivre la « voie royale » de l'enquête, celle qui t'a permis de trouver l'identité du coupable, le mobile de son crime, mais aussi son *modus operandi*. Cela fait de toi un détective hors pair, et nul doute que l'on te confiera bientôt d'autres défis du même acabit à relever… ou même des défis bien plus difficiles encore !
Tu peux être fier de toi ! L'affaire est conclue !
Encore bravo, inspecteur !

51

Selon toi, ce n'est pas une bonne idée d'aller rencontrer le Révérend Olive. Tu sais l'homme bavard et il risque de partir dans un récit interminable et inintéressant.

Non, tu préfères te concentrer sur le personnage de Madame Pervenche. Pourquoi la journaliste s'est-elle tant intéressée au roman écrit par l'homme d'Église ? Cherchait-elle une sorte de « mode d'emploi » pour commettre un meurtre ? Et, en choisissant ce livre, voulait-elle orienter les soupçons vers le Révérend Olive ? C'est une possibilité…

Mais pourquoi Pervenche aurait-elle voulu assassiner Lenoir, alors qu'elle devait l'interviewer ce samedi matin dans une émission qui lui aurait assuré un record d'audience ? Existait-il un lien caché, familial ou autre, entre les deux personnages ?

Soudain, tu te frappes la tête ! Mais non ! Ce n'est pas entre Pervenche et Lenoir qu'il faut trouver un lien… Mais entre Pervenche et Moutarde ! En effet, si le cyanure, comme semble l'avoir détecté Orchidée, était dans le sirop vert de Moutarde, alors le Docteur Lenoir, daltonien, a pu se tromper de sirop et ingurgiter celui de son compagnon. Il sera donc mort *à la place* de Moutarde ! Ce n'est pas Lenoir qui était visé par cet assassinat, mais le Colonel !

Dès lors, il te faut trouver un lien entre Moutarde et Pervenche. Cela ne semble pas plus concevable, mais tu ne perds rien à essayer !

Tu retournes dans ta chambre et tu lances plusieurs recherches simultanées sur ton ordinateur portable, relié aux serveurs sécurisés de ta brigade de cybercriminalité. Ton cerveau tourne tous azimuts !

Et soudain, l'écran de recherche s'illumine. Il y a bien une correspondance. Depuis plusieurs mois, Pervenche possède un compte sur le site de GenBaum®, une entreprise allemande spécialisée dans les recherches généalogiques. Et ce que tu lis, après avoir réussi à hacker son compte, est sidérant : Madame Pervenche et le Colonel Moutarde ont le même père ! Lord Moutarde, une des plus riches fortunes d'Angleterre, propriétaire de plusieurs dizaines de milliers d'hectares dans le Kent, est décédé au début de cette année… Les documents de GenBaum® sont formels : Pervenche est le fruit d'une liaison entre le lord anglais et une jeune française, rencontrée à Dijon dans les années 1980. Il semblerait que le lord n'ait jamais voulu reconnaître l'enfant.

Alors ? Qu'en déduire ? Pervenche aurait-elle cherché à empoisonner son demi-frère pour rafler l'héritage colossal de leur père ?

Et tout cela sans que le Colonel soit au courant de leur lien de parenté…

Pauvre Docteur Lenoir, qui aura payé de sa vie, indirectement, ce plan machiavélique…

Il est temps de convoquer tout le monde dans le salon pour confronter Madame Pervenche à ses responsabilités dans ce crime, tu ne trouves pas ? C'est en 7.

À moins que tu ne préfères confronter la journaliste en tête à tête, pour commencer ? C'est en 39.

POUR DÉCOUVRIR TOUS
LES TITRES DE LA COLLECTION
« AVENTURES SUR MESURE »
ET BIEN D'AUTRES ENCORE,
FONCE SUR LE SITE :
WWW.BIBLIOTHEQUE-VERTE.COM
AVENTURES SUR MESURE

Incarne chacun des personnages de Cluedo pour tenter de résoudre un meurtre !

ORIGINES

Tome 1

Tome 2

Tome 3

Tome 4

Tome 5

Tome 6

MYSTÈRES

Tome 7

Tome 8

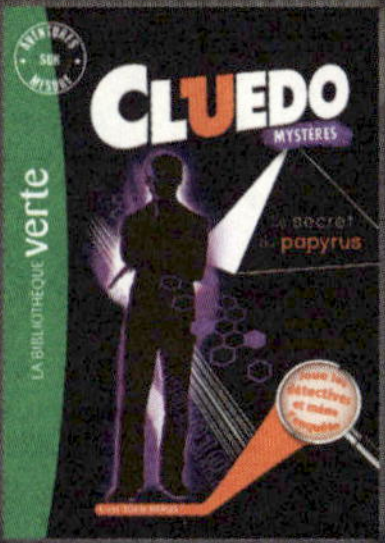

Tome 9